Fantaisie allemande

DU MÊME AUTEUR

ROMANS

Meuse l'oubli, *Balland, 1999 ; nouvelle édition, Stock, 2006*
Le Café de l'Excelsior, *avec des photographies de Jean-Michel Marchetti, La Dragonne, 1999*
Quelques-uns des cent regrets, *Balland, 2000 ; nouvelle édition, Stock, 2007*
J'abandonne, *Balland, 2000 ; nouvelle édition, Stock, 2006*
Au revoir Monsieur Friant, *Éditions Nicolas Chaudun, 2001 ; Stock, 2016*
Les Âmes grises, *Stock, 2003*
La Petite Fille de Monsieur Linh, *Stock, 2005*
Le Rapport de Brodeck, *Stock, 2007*
L'Enquête, *Stock, 2010*
L'Arbre du pays Toraja, *Stock, 2016*
Inhumaines, *Stock, 2017*
L'Archipel du Chien, *Stock, 2018*

(suite à la fin de l'ouvrage)

Philippe Claudel
de l'académie Goncourt

Fantaisie allemande

Stock

ISBN 978-2-234-09049-1

À Luigi Spagnol (1961-2020),
ami et éditeur italien

Il y a, au-delà du Rhin,
un air de drame et de mélancolie.
Toutes les choses ordinaires de la vie
y prennent des lueurs de couchant.
Et, selon son humeur, le voyageur
pourra trouver cela charmant
ou bien s'en effrayer.

Pierre Mac Orlan

L'Allemagne a une haleine de gouffre.

Thomas Bernhard

Ein Mann

Ce n'était pas le froid qui l'avait réveillé mais une sensation confuse et qui le resta longtemps encore, alors que son sommeil peu à peu s'effilochait. Le manteau était devenu plus lourd et pesait sur les vêtements au-dessous, et aussi sur sa poitrine, comme une camisole de plomb. Il mit du temps à comprendre que cette lourdeur venait du tissu de grosse laine qui s'était gorgé d'eau peu à peu, et que le manteau désormais avait doublé de poids, qu'il s'y sentait prisonnier et comme noyé. Alors, à tâtons, il sortit du rêve dans lequel il s'était abandonné, une sensation de chaud, de chaud léger, plus qu'un rêve précis d'ailleurs. Il se mit à grelotter. Il était trempé. Ses yeux s'ouvrirent sur du noir. Son cœur s'affola. La blessure aussi s'éveillait. Elle le mordait et suintait de nouveau.

Voilà deux jours et deux nuits qu'il demeurait sous le sapin. C'était un vieil arbre dont les basses branches se soudaient au sol en se mêlant à des racines dont les formes évoquaient des varices. Il lui avait fallu en écarter quelques-unes pour s'enfoncer et se blottir près du tronc râpeux. À cet endroit, la terre dessinait un large creux recouvert d'aiguilles sèches, qui formaient un matelas souple sur lequel il s'était étendu de tout son long. Les aiguilles étaient tièdes. Elles dégageaient une odeur de résine et d'écorce. D'automne aussi. Un parfum doucement éteint.

Il s'était dit que tant qu'il demeurerait là rien de mauvais ne pourrait lui arriver. Tout cela lui avait fait oublier sa faim. Il lui restait trois pommes de terre dans une de ses poches. Il les avait trouvées quelques jours plus tôt en fouillant un champ, avec ses doigts, à quatre pattes, comme un animal, et il avait préféré les garder pour plus tard.

Sous le sapin, pour la première fois depuis longtemps il avait cessé de se tenir sur ses gardes. Dès qu'il était parvenu à se glisser sous les branches de l'arbre, il avait compris qu'il était impossible qu'on devine sa présence. Même un homme passant à deux mètres ne l'aurait pas remarqué. Il s'était effondré dans le sommeil.

La forêt tremblait sous la pluie. Les branches du sapin avaient arrêté un temps les gouttes d'eau mais celles-ci avaient fini par les traverser et rouler jusqu'à lui, pénétrant le manteau, les deux lainages en dessous, la chemise et jusqu'à son caleçon et son maillot. Il releva le col du manteau le plus haut possible sur son cou mais cela n'eut pour effet que de le mouiller davantage en précipitant des filets d'eau sur la peau de sa nuque.

Il ramena ses genoux vers son ventre et garda les yeux ouverts. Tout était noir autour de lui. La pluie et la nuit avaient effacé la forêt, et le froid de novembre qui lapait son visage semblait plus froid maintenant. Le lit d'aiguilles était devenu boueux. Une odeur de fosse montait autour de lui. Il frissonna jusqu'aux premières lueurs de l'aube et, quand le jour apparut enfin, ce fut un jour infirme et misérable.

Il rampa et sortit du trou. Il se mit debout avec peine, fit quelques pas mal assurés. C'était comme s'il lui fallait réapprendre à marcher. Une lumière laiteuse détachait peu à peu les arbres de l'obscurité. La brume donnait par instants l'illusion qu'ils avançaient vers lui, comme d'immenses statues roulant sur leurs socles. Au ciel, des corbeaux raclaient le ventre des nuages. Il essaya de tordre les pans du manteau pour les essorer mais ses doigts trop engourdis étaient sans force. Il quitta le sapin comme on quitte un ami devenu indifférent, et qui ne peut plus rien pour vous. La pluie s'était arrêtée. Ses dents claquaient.

Il se força à marcher vite, espérant ainsi se réchauffer. Le manteau battait ses jambes et l'eau s'insinuait dans ses bottes, qu'il n'avait pas ôtées depuis des jours de peur qu'on ne les lui volât. Il n'avait pourtant rencontré personne dans sa fuite. Tout juste avait-il aperçu, une semaine plus tôt, une colonne de véhicules roulant dans un vallon encombré de fougères, tandis qu'il se reposait à plusieurs centaines de mètres d'eux sous une roche. Il n'aurait pas su dire à quelle armée ils appartenaient, des Russes sans doute. Le silence était revenu. Le vent avait fini par dissiper l'odeur d'essence montée jusqu'à lui.

La plupart du temps, il avait dormi dans des bois, des fossés, des granges abandonnées, contre un muret de pierre. En périphérie de ce qui avait été des villes et dont on ne reconnaissait plus rien. Au loin, les immeubles d'habitation ressemblaient à des molaires gâtées. Dans leurs caries profondes, des cages d'escalier montaient vers le vide. Tout cela fumait un peu.

Les campagnes, désertes elles aussi, présentaient un visage moins effrayant. Il n'aurait su dire pourquoi. Tous les villages où il passait étaient pourtant détruits, et toute trace de vie humaine s'en était retirée. Les routes qui y menaient avaient été pilonnées, concassées avec méthode, réduites à de curieuses rivières saisies par une forme neuve de débâcle : les blocs de glace avaient été remplacés par des milliers de brisures de macadam. Parmi elles, çà et là, s'étaient enfoncées les carcasses déformées d'un autobus, d'un camion, d'un véhicule militaire, de voitures encore pleines de leurs occupants réduits à des cadavres gonflés et méconnaissables.

Dans un de ces villages, il avait trouvé le manteau. Il était entré dans une maison coupée en deux par une bombe comme sous l'effet d'un tranchoir. Il avait fouillé les placards, les tiroirs de chaque meuble renversé. Il ne restait rien. Il venait après quantité d'autres errants, soldats, vagabonds, fuyards. Mais sous un matelas souillé qu'il avait retourné, sans trop d'espoir, il y avait le manteau. Les manches étaient repliées comme si on l'avait tout juste sorti de sa boîte. Un manteau noir trop grand pour lui, d'un modèle désuet. Il s'en était immédiatement revêtu, abandonnant sur place la veste matelassée de soldat de laquelle bien avant déjà il avait arraché les galons et les insignes. Comme il avait aussi détruit ses papiers d'identité, son livret militaire, sa plaque où était gravé son matricule, toute chose qui eût pu témoigner de sa vie antérieure. Avec un couteau, il avait même lacéré le tatouage de son groupe sanguin qu'il portait à l'intérieur du bras, près de son aisselle. C'était cette blessure qui ne voulait pas cicatriser. Elle était un rappel constant de son récent passé.

La marche, heure après heure, jour après jour, lui permettait d'oublier le temps et la faim. Il n'était plus rien que deux jambes allant sur la terre, un corps en mouvement, surmonté d'une tête brûlante et sale, où quelques pensées anxieuses tournaient en rond comme dans une cage.

Il allait dans la forêt en essayant de suivre une ligne droite, davantage pour se donner l'illusion de ne pas se perdre que pour tenir un cap réel. Il se disait qu'ainsi il finirait bien par sortir de ces futaies sans limites. Il ne rencontrait aucun chemin hormis des sentes de gibier. Des sapinières succédaient à des hêtraies. Puis c'était des taillis, encombrés de ronciers, puis de nouveau des sapins, lugubres et plantés serrés.

Le jour restait terne et bas, et toujours dans le ciel il y avait les corbeaux, qu'il apercevait de temps à autre, en bandes noires, dérivant dans le vent pareils à des nuées de cendres. Il essayait tout en marchant d'évaluer les heures et ainsi les kilomètres. Il devait être loin maintenant du lieu qu'il avait fui. Trois ou quatre semaines de marche sans doute au travers de cette région de collines, de vallées et de bois.

Quand il crut avoir passé le milieu de la journée, il s'arrêta dans une clairière. Entre les mousses venait une source. Il y but longuement. Il se regarda ensuite dans le miroir de l'eau. Il y vit un visage maigre. Des cheveux qui avaient poussé à la diable. Des traits mal dessinés, sans âge. Une bouche d'où s'échappait de la buée. Rien d'autre. Il s'assit sur une pierre et mangea la moitié d'une pomme de terre.

La chair crue avait une saveur de farine, sucrée et granuleuse. Il en fit une bouillie qu'il garda longtemps dans sa bouche. Jamais il n'avait mangé quelque chose d'aussi désolant et jamais il n'avait eu autant de plaisir à le manger. Un plaisir souffrant qu'il fit durer le plus possible, qui occupa sa pensée, et lui fit oublier son état. Il resta un temps encore sur la pierre, à côté de la source qui murmurait sa mélodie indifférente, avec dans la bouche le goût de la bouillie de pomme de terre.

Alors lui revint le souvenir des prisonniers qui pouvaient s'entre-tuer quand on jetait au milieu d'eux les restes d'un repas ou les épluchures des cuisines du camp. Cela amusait toujours Viktor. Il venait avec la bassine, les appelait comme des poules ou des porcs, et leur lançait le contenu par-dessus le grillage. C'était une mêlée formidable, silencieuse mais plus violente qu'un combat de chiens. Il en restait toujours un ou deux sur le carreau. Parfois Viktor variait l'amusement : il les appelait, attendait qu'ils se pressent contre le grillage, et déversait à ses pieds les restes, à portée de leurs yeux mais pas de leurs mains qui martyrisaient le grillage. Viktor riait encore davantage. Lui regardait le spectacle. Il n'en pensait rien. Il riait un peu, pour faire plaisir à Viktor.

Il frissonna. Se racla la gorge, cracha. Il se leva brusquement et se remit en marche.

Ses vêtements n'avaient pas séché. Il avait fini par s'accoutumer à leur lourdeur trempée.

Au bout d'une heure peut-être, il pensa voir une blancheur au loin dans la forêt, il ralentit. Il crut d'abord à un mirage provoqué par sa fatigue. Il continua d'avancer vers la blancheur en s'appuyant sur le bâton qu'il avait ramassé un peu plus tôt et qui lui donnait l'allure d'un berger sans troupeau. Le sol de feuilles pourries s'effondrait sous ses pas par endroits.

Tout ce blanc au-delà de la lisière était une large plaine sur laquelle se déposait la première neige qui, sous le crépuscule naissant, tombait phosphorescente. Il s'arrêta près des derniers arbres, abrité encore par eux. Il hésitait à quitter la forêt dans laquelle il avait marché longtemps et qui l'avait dérobé à toute vue.

Devant lui, l'horizon des champs faiblement enneigés se confondait avec le bas du ciel, qui avait la même texture incertaine et lâche. Ces longs aplats ouverts semblaient figurer l'angoisse d'un pays sans bordure, au cadre démembré. Il se retourna une dernière fois vers la forêt. Il se surprit à ressentir un peu de tristesse et de regret, mais il s'engagea malgré tout dans le champ.

Très vite, après quelques pas seulement, sa démarche s'alourdit. La terre d'un brun presque noir se collait à ses bottes. Le champ n'avait pas été labouré depuis longtemps. Il avait pris ses aises, redevenant inégal. La fine couche de neige formait une peau fondante que buvaient les mottes de glaise, ou qui se métamorphosait en rigoles sales pour former des flaques aux allures d'étangs miniatures.

Chaque pas lui coûtait. Son bâton ne lui était d'aucun secours. Il avait parfois l'impression que le champ voulait l'avaler, que la terre, qui n'avait pas été cultivée depuis le début des combats sans doute, n'attendait qu'une chose, ingérer son corps, en tirer tous les sucs, le déglutir et s'en repaître, afin de faire payer aux hommes dont il était le représentant l'abandon dans lequel ils l'avaient laissée.

Il avait beau regarder le plus loin possible, il ne parvenait pas à distinguer de chemin. Il regretta la forêt qui lui donnait au moins l'illusion d'avancer, car chaque arbre en apparaissant et en disparaissant rythmait son parcours. Il n'apercevait aucune ferme. De route, pas davantage. Nulle rivière non plus. Pas de canaux. Il y avait les grands champs en déshérence qui s'étendaient d'un bord à l'autre de l'horizon.

Une aigre lassitude le saisit. Il n'en pouvait plus. Sa blessure le mordillait. Ses poumons lui faisaient mal. Chaque respiration le contraignait à aller chercher au plus profond d'eux le peu d'air qui s'y cachait. Il se concentrait sur le meilleur chemin à suivre, mètre après mètre, dans l'étendue lourde. Et de nouveau il fut habité par le sentiment de stupeur qui ne l'avait pas quitté depuis que tout s'était effondré.

Il avait traversé les récentes années sans se poser de questions. À la faveur de l'avènement du nouvel ordre, il avait obtenu un statut et un respect qui lui avaient été auparavant toujours refusés. En peu de temps, on l'avait extrait de son effacement, de la masse des autres hommes. On lui avait assigné une fonction et un rang. On l'avait usiné. On en avait fait un outil efficace. Des ordres lui étaient donnés. Il les exécutait. Il n'avait pas senti venir le chaos. Le grand mécanisme s'était effondré.

Était-il coupable ? Coupable d'avoir obéi ? Ou coupable de ne pas avoir désobéi ? Lui n'avait fait que suivre. Était-il en cela moins responsable que les autres ? Moins que Viktor ? Au camp, il écrivait. Des listes. Il devait vérifier des noms. Compter des hommes et des femmes, des enfants, des vieux. Procéder parfois à des interrogatoires. Essayer de savoir s'ils mentaient ou disaient la vérité. Transcrire le texte des interrogatoires. Dresser des fiches. Les rassembler. Les diviser. Établir des groupes, des sous-groupes. Des convois. Préparer le départ de ces convois. Parfois suivre les convois là où on devait les conduire. Prendre par la main, quand ils descendaient du camion, les vieillards qui avaient de la peine à marcher, et les enfants aussi, car son visage placide les rassurait, ainsi que ses gestes jamais violents et sa voix calme.

Ensuite c'était Viktor et ses collègues qui prenaient tout en charge. Lui restait en retrait. Il ne voyait rien. Il revenait sur ses pas, jusqu'au camion, bien avant que Viktor ne commençât son travail. Il fumait une cigarette, parfois deux. Somnolait. Il entendait les détonations amorties par le rideau d'arbres et les monticules de gravier. Il ne les entendait pas toujours d'ailleurs. Cela dépendait du sens du vent, de son attention aussi, tant le bruissement des feuilles des peupliers parvenait à l'abstraire de l'endroit où il se trouvait.

C'était pénible de repenser à tout cela, de songer que peut-être *tout cela* n'avait été qu'une méprise, que peu à peu, à force de ne pas avoir su dire non, il était parvenu à ne plus distinguer ce qui se faisait de ce qui ne se faisait pas, ce qui était bien de ce qui était mal.

Il ne sentait plus le froid ni la boue. Il avançait dans sa stupeur. Il avait un peu l'impression de se réveiller après une longue cuite qui aurait duré plus de dix ans. Il passa sa main sur son front, pour effacer les images et essuyer toutes ces pensées trop grandes pour son cerveau.

À l'approche de la nuit, il avançait toujours au milieu de nulle part. Une lumière étroite balayait l'horizon à l'occident. Le vent s'en était allé. De grands nuages bas, immobiles désormais, dispersaient une neige peu dense qui hésitait à rejoindre le sol et fondait sur son front et ses lèvres. Il passa sa langue sur les flocons, qui devinrent des perles d'eau, petites et fraîches. Il pensa aux larmes qu'il avait vues sur beaucoup de visages. Aux cris aussi qui les accompagnaient.

Dans moins d'une demi-heure, on n'y verrait plus rien. Où dormirait-il ? Mieux vaudrait pour lui de continuer à marcher, quitte à s'endormir debout. Il avait déjà avancé ainsi, entre veille et sommeil, étonné de constater que le corps pouvait devenir en quelque sorte un automate. Au moins tout en marchant ne mourrait-il pas de froid comme les hommes en guenilles, qui s'arrêtaient et s'effondraient le long de la cohorte quand on leur avait ordonné d'évacuer le camp devant l'avancée de l'ennemi. On ne prenait même pas la peine de les pousser du pied pour les remettre en marche car on savait que le gel bientôt aurait raison d'eux. Parfois Viktor, pour se désennuyer, tirait une balle dans la nuque de l'un. Et on continuait à avancer. Sans trop savoir vers où.

Soudain, alors qu'il tentait une dernière fois de fouiller l'horizon du regard avant que l'obscurité ne gommât le monde, il crut distinguer à quelques centaines de mètres une grande masse cubique qui saillait de la pâleur. Il retrouva un peu d'énergie.

À mesure qu'il avançait, la forme se précisait, massive, sans fenêtre et au toit plat. Ce n'était pas une ferme, plutôt un bâtiment, sans doute un château d'eau, un silo ou quelque chose comme cela.

Quand il parvint enfin à ses abords, la nuit se confondait à la terre lourde. On n'y voyait plus à cinq mètres. Le bâtiment était là devant lui, imposant. Une sorte de ronronnement en émanait, des crépitements aussi de temps à autre, et des flammèches. Un générateur, ou un transformateur électrique, protégé par une double rangée de barbelés mais qu'un engin avait défoncés sur une faible distance. Il se faufila dans cette ouverture, avança avec prudence, les mains tendues devant lui car il ne distinguait plus rien.

Au moment où ses doigts touchèrent enfin le mur il éprouva une violente joie. Le mur était chaud, comme si derrière lui un feu merveilleux y brûlait. Il y appliqua ses deux mains et progressa ainsi, latéralement, pour trouver une porte. Il avait oublié sa faim, son épuisement, la peur et la souffrance. C'était un peu comme s'il était parvenu au seuil de la maison natale, après un long voyage. Il allait entrer. Il avait trouvé un abri. La chaleur. La paix. La protection. Il songea au visage de sa mère, à celui de son père aussi, à son enfance, au repas du soir, à la soupe chaude et au poêle brûlant.

Soudain le mur fit place à du vide duquel s'échappait une haleine tiède. Le ronronnement s'accentuait. Ses mains cherchèrent dans le noir, s'appuyèrent sur ce qui devait être une porte métallique, épaisse, à peine ouverte. Il tenta de la pousser de plusieurs coups d'épaule mais elle résistait, et sa blessure au bras lui fit mal. La joie qu'il éprouvait fit place à la panique. Être si près du réconfort, et ne pouvoir le saisir. Il repensa aux prisonniers contemplant les épluchures déversées aux pieds de Viktor, à Viktor qui s'éloignait d'eux en riant, à leurs mains qui tentaient de passer au travers du grillage.

Il s'agenouilla, fouilla le sol à la recherche d'une pierre, de quelque chose qui lui permettrait de forcer la porte. Il haletait, s'entaillait les mains avec des débris de verre, empoignait des masses dont il ne reconnaissait pas la nature exacte, et puis soudain, quelque chose qui ressemblait à un bâton, un tube, en métal, lourd, long de deux mètres peut-être. Il en aurait pleuré de joie. Il s'en empara, revint à tâtons vers l'ouverture, y glissa le tube de ferraille, prit appui sur le mur, exerça de toutes les forces dont il était capable une pression extraordinaire. Le miracle se produisit. Dans un long grincement la porte s'ouvrit de quelques dizaines de centimètres, suffisamment pour qu'il puisse se glisser à l'intérieur du bâtiment.

Il entra. Le noir devint un tissu de velours qui l'enveloppa. Rien à voir avec le noir froid et trempé du dehors. Ici c'était un autre monde. La chaleur était intense. Sèche. Délicieuse. Le ronronnement du transformateur diffusait une musique animale et rassurante. Il ne voyait rien mais se sentait si bien. Depuis de longues semaines, il n'avait jamais connu semblable bien-être.

Il tenait toujours à la main le tube de ferraille. C'était grâce à lui qu'il était parvenu à entrer. L'objet se dotait soudain de pouvoirs magiques. Il ne lui serait pas venu à l'idée de l'abandonner. C'était tout à la fois sa baguette de sourcier, son épée, son sceptre, sa canne d'aveugle avec laquelle il avança prudemment, fouillant grâce à elle la noirceur moelleuse, pas à pas.

Mais soudain le vide se changea en une surface dure, et en un millième de seconde, les ténèbres dans lesquelles il avait jusque-là progressé s'illuminèrent comme sous le coup d'un prodigieux feu d'artifice qui jeta dans le local une blancheur insoutenable.

Cela alla si vite que l'homme n'eut ni le temps de comprendre ce qui lui arrivait, ni le temps de souffrir : le courant électrique d'une intensité extrême traversa tout son corps et le calcina aussitôt, le transformant en un charbon soudé au bâton de fer et au générateur que ce dernier avait touché.

Il y eut ensuite pendant quelques minutes plusieurs gerbes d'étincelles, fabuleuses, qui retombèrent sur ce qui avait été son corps.

Une sorte de bouquet final sans aucun spectateur.

Puis la nuit revint, suave et calme, et après quelques derniers crachotements électriques, le ronronnement de gros animal reprit, comme si une mystérieuse digestion venait enfin de commencer.

Sex und Linden

J'ai près de quatre-vingt-dix ans. C'est la fin du mois de mai. J'ai beaucoup aimé les mois de mai. Je sais désormais que je n'en connaîtrai plus guère. Peut-être est-ce même le dernier. Je n'en suis pas triste. Je suis fatigué. Pour faire quelques pas, il faut désormais qu'Anne me donne son bras. Ou mon fils, quand il passe me voir. Je m'accroche à elle ou à lui avec mes mains amaigries. Mes doigts ressemblent à des serres arthritiques. Je tremble et j'ouvre grand la bouche pour aspirer l'air. Je suis un poisson épuisé jeté sur la berge par un pêcheur acariâtre. Mon corps siffle et craque. Il me faut de longues minutes pour parcourir quelques mètres.

Anne est patiente. C'est son métier. Elle vient chez moi trois fois par jour. Le matin pour ma toilette et mon petit déjeuner. En début d'après-midi pour voir si tout va bien et me coucher pour la sieste. Vers le soir pour me tenir un peu compagnie, faire la vaisselle et me préparer pour la nuit. Mon fils n'a pas sa douceur. Il est toujours pressé. Son travail l'accapare. Mais c'est mon fils. Je suis heureux de le voir. Je vois que ma lenteur l'exaspère, ma difficulté à trouver les mots, mes tremblements, mon regard qui se dilue. Je pense que je lui fais peur. Il me regarde comme on regarde un corps mort, en se disant qu'un jour ou l'autre, on finira à sa place. Cela effraierait n'importe qui.

Anne m'a installé dans le jardin, sur la chaise longue, près du massif d'hortensias. J'ai un peu trop chaud. Anne craint toujours que je ne prenne froid. Elle a remonté jusqu'à mon menton la couverture. Ce serait un trop gros effort de sortir un de mes bras, de remonter ma main jusqu'au haut de la couverture, de la repousser sur mes jambes. La seule pensée de tous ces gestes suffit à m'épuiser. Après tout, il fait bon. Je suis un vieillard grincheux. Et puis bientôt le soleil passera derrière le noisetier et je serai à l'ombre.

J'ai oublié mes lunettes sur la table de nuit. Je vois des formes et des couleurs qui se pénètrent les unes les autres. Des masses. Une sorte de peinture abstraite. C'est très beau. Ma mémoire fonctionne encore suffisamment pour préciser les traits et me rappeler que ceci est la brouette, cela, les buis ou les ifs, la haie de fusain, la cabane de bois où je rangeais jadis les outils.

Je n'entends presque plus. C'est agréable. Le fracas de la ville a disparu depuis longtemps. Je pourrais me croire à la campagne. Me manque tout de même le chant des oiseaux, le bruissement des insectes. Un merle s'est posé sur la table de fer tout près de moi. Je vois à son bec ouvert et à sa gorge qui vibre qu'il pousse ses trilles, mais cela reste une séquence de film muet. Même chose pour les abeilles qui viennent et repartent, dans un ballet incessant, sur un endroit de ma couverture où j'ai dû laisser tomber hier de la confiture. Le merle fléchit ses pattes, laisse tomber une fiente verte sur la table, s'envole.

On ne meurt pas d'un coup à mon âge. On est comme une maison dont on ferme les volets, qu'on vide peu à peu de ses meubles, dans laquelle on coupe le gaz, puis l'eau, et pour finir la lumière, avant de verrouiller une dernière fois la porte et de jeter la clé. Cette pensée m'amuse. Personne ne me voit mais je souris.

Je n'ai plus trop chaud. Je suis bien. Je suis très bien. Tout infirme que je suis devenu, il me reste, intact, de sentir les parfums et c'est un grand bonheur. Comme un cadeau qui me serait fait pour mes derniers moments sur terre. J'ai beaucoup aimé la terre. *Être sur terre*. Ce que dit cette expression, ou cette autre : *venir au monde*. Arriver. Passer sur une surface infinie. S'y poser. Repartir. Disparaître. Le merle et sa fiente. Les abeilles.

Je ne me soucie plus du temps. Je ne cherche plus à connaître l'heure. Je découpe ma journée comme lorsque j'étais enfant. Le matin. Le jour. Le soir. La nuit, où je quitte parfois mon corps et mon âge, où je redeviens dans des rêves celui que j'ai été. Il m'arrive même de confondre les moments de la journée avec des rêves. C'est alors délicieux, de ne plus savoir si je rêve ou si je vis, d'autant plus délicieux que cela n'a plus aucune importance, plus aucune incidence.

Hier, oui, hier, je crois, à moins que ce soit il y a quelques minutes ou bien la semaine passée, j'ai senti pour la première fois en ce printemps l'odeur des tilleuls. Leur troublant parfum exalté par la douceur de la nuit. J'ai songé soudain à l'adagio de la 61e symphonie de Haydn et à la femme brune. À son sexe fluide et chaud, dans ce très ancien soir de mai. Le premier sexe féminin. Ce moment préhistorique de ma vie sexuelle. Cela m'a tant ému que j'ai ressenti un picotement entre mes cuisses, là même où tout s'est endormi depuis longtemps. Mais peut-être était-ce une illusion de picotement. Ne pas faire le malin.

Je n'ai jamais su le nom de la femme brune. Ni son prénom. Je n'ai jamais rien su d'elle et je ne l'ai jamais revue. Je n'ai jamais non plus entendu le son de sa voix. J'ai simplement la mémoire de ses gémissements, de ses cris qu'elle mordait entre ses lèvres, de son halètement de petit animal, et j'avais d'ailleurs été effrayé de cela, pensant qu'elle allait mourir dans mes bras, sous les branches basses des tilleuls en fleur ourlés du vol des hannetons.

Quelques instants plus tard, elle a disparu dans la nuit, j'ai rassemblé mes vêtements. Au loin je distinguais les lumières de la terrasse du *Biergarten*, et j'entendais les rires des buveurs. Depuis longtemps déjà, sans même m'en être aperçu, la musique du petit orchestre chapeauté à trombone, clarinette et grosse caisse avait chassé les dernières notes de l'ensemble des élèves de l'académie de musique – dont faisait partie ma sœur – qui ce soir-là, serrés les uns contre les autres dans le kiosque trop petit, avaient donné la belle symphonie de Haydn.

J'ai quinze ans. Je ne connais rien au plaisir. On me dit que je fais plus que mon âge. Tous les mois ou presque mes chemises et mes pantalons rétrécissent. Mon corps s'allonge comme s'il était fait de guimauve, mais je garde des yeux d'enfant. Ma mère passe son temps à découdre des ourlets, à ajuster les vêtements de mon père pour que je puisse les porter. Elle ouvre sa garde-robe, caresse les chemises, les vestes, les pantalons. Prend ses ciseaux et ses aiguilles. Coupe, coud, et pleure.

Je porte les habits d'un mort. La guerre est finie depuis deux ans. Mon père n'en est jamais revenu. Un document officiel atteste de sa mort. Ma mère le déplie et le replie plusieurs fois par jour. Elle le garde dans une de ses poches.

La ville ressemble encore à un immense dentier qu'on aurait cassé avec un marteau. Des chicots se dressent dans toutes les rues, noirs et effrités. On a rassemblé les gravats en d'immenses tas. L'herbe et les broussailles commencent à les revêtir d'une peau verte. Ils deviennent peu à peu des collines. Les tramways fonctionnent de nouveau. S'y entassent bien plus de femmes que d'hommes. Ou alors ce sont des vieillards. Ou des demi-hommes auxquels il manque un bras, une jambe, deux jambes, deux bras. Tous les gens sont maigres. Nous aussi. Nous ne mangeons pas à notre faim. Heureusement il y a les livres. Et il y a la musique. Ma sœur joue du violon. Elle a passé toute la guerre à jouer du violon. Moi je l'ai passée à lire, et notre mère à pleurer.

Je porte les habits du mort mais je ne me souviens plus de lui. Je veux dire, en ce temps, alors que j'ai quinze ans, je ne me souviens plus de lui. Rien. Ni de sa voix. Ni de sa stature. Ni de ses mains. Je n'ai pas non plus le souvenir qu'il me manque. Plus tard, à certains moments de ma vie, je le retrouve. Des scènes précises, brèves, qu'une machine intérieure a enregistrées dans des parties difficilement accessibles de mon cerveau, et dont elle décide soudain de la rediffusion brutale : mon père, une cigarette entre ses doigts, me désigne un singe occupé à épouiller un de ses congénères dans une cage du zoo. Mon père enlace ma mère dans la cuisine et l'entraîne dans un mouvement de danse saccadé, tandis qu'à la radio passe un air que je ne connais pas. Il est en maillot. C'est l'été. Mon père à bicyclette, s'éloigne dans la rue, tandis que je reste sur le seuil de notre immeuble, assis sur les marches. Il ne se retourne pas mais lâche son guidon d'une main qu'il agite en l'air en signe d'au revoir.

Je n'ai jamais su quoi faire de ces scènes. Je n'ai jamais compris non plus pourquoi elles surgissaient à certains moments. Des moments qui n'étaient ni cruciaux, ni particulièrement singuliers dans ma vie.

Ma sœur parle peu. Elle joue du violon. Sans cesse. C'est sa façon de s'exprimer. Elle dort avec son violon. L'étui est ouvert à côté de son lit. Selon la lumière, on dirait un cercueil ou la bouche grande ouverte d'un batracien des profondeurs. Le violon est posé près de son visage. Parfois je les regarde dormir tous les deux. Ma sœur a les cheveux d'un roux clair. Elle est très belle. Le violon quant à lui est caramel.

J'ai quinze ans. J'ai déjà lu des centaines de livres. Je me sens lourd de tous ces livres, et ce poids est merveilleux. Je continuerai à lire tout au long de ma vie. J'en ferai mon métier. Je serai professeur. Un professeur d'une espèce particulière, qui n'enseignera jamais, n'aura pas d'élèves, mais écrira des livres dans lesquels il parlera de ses lectures, pour donner envie et nécessité aux autres de l'imiter.

Quand ma sœur ne joue pas de son violon, elle lit des partitions. Elle ne se rend pas compte que ses doigts bougent quand ses yeux glissent sur les notes, et ses lèvres aussi. Son violon est posé sur ses genoux. Il me fait songer à un animal domestique qui attend qu'on le caresse. Je n'ai pour ma part jamais appris le solfège. Je n'ai pas envie de jouer de la musique. L'entendre me suffit.

Ma sœur a trois ans de plus que moi. Elle mourra à la fin des années cinquante dans un accident d'avion en Amérique du Sud. Plusieurs autres instrumentistes de l'orchestre dont elle fera partie alors mourront aussi. J'ai conservé le programme de leur tournée : Mozart, Schubert, Brahms, Debussy. Vingt-neuf dates y sont annoncées, dans quatre pays différents : Brésil, Argentine, Chili, Paraguay. Seuls les concerts prévus au Brésil auront lieu, ainsi que les trois premières dates en Argentine, à Buenos Aires. L'avion n'atteindra pas Mendoza.

Ma mère glissera peu à peu dans la déraison. Elle finira ses jours dans une maison spécialisée. Elle mourra longtemps plus tard, après la chute du Mur, dans un pays réunifié dont le nom même n'évoquera plus rien pour elle. Pendant des années, tandis que je viens la visiter, elle saisit mes mains, les garde, sourit sans me reconnaître et murmure le prénom de mon père, des dizaines de fois. Aucun autre mot ne sortira plus de sa bouche.

Le jour décline. Je suis bien. Il fait encore chaud et je ferme les yeux. J'ignore l'heure qu'il peut être. Je ne sais pas si Anne est arrivée. Ou repartie. Je ne sens plus mes douleurs. Je ne sens plus mon corps. Voici de nouveau l'odeur des tilleuls qui m'entoure comme un châle. Sucrée. Douce. Mielleuse. Je sais que la femme brune va s'approcher de moi portée par ce parfum-sorcier, éphémère et violent.

Je ne veux pas aller à ce concert. Je suis allongé sur le canapé de velours vert du salon. J'y suis bien comme un chat. Je lis *Le Lys dans la vallée.* J'aime les romanciers français. Je les trouve plus sensibles que les nôtres. Ils me bouleversent. J'aime aussi les Russes, mais je me cache de ma mère pour les lire. Tout ce qui a trait à la Russie la met en rage ou l'abat, selon les jours.

Félix de Vandenesse s'est éloigné d'Henriette de Mortsauf. Il vit une passion fiévreuse avec Lady Dudley. Il apprend qu'Henriette se laisse mourir. Tu iras à ce concert. Non. Fais-le pour ta sœur. Non. S'il te plaît. Je lis. Ton livre attendra. Je n'irai pas. Ta sœur a peur que le public soit peu nombreux.

Je quitte Félix en maugréant. Je referme le livre en le faisant claquer pour montrer mon mécontentement. Mais j'aime ma mère. J'aime ma sœur. Ma mère m'habille en pingouin. Sans me le dire elle a retaillé le costume de mariage de mon père. Il est noir. Les revers en soie brillent. J'enfile une chemise blanche à col cassé. Ma mère noue un nœud papillon autour de mon cou. Je suis ridicule. Les chaussures vernies sont à ma pointure mais bien trop luxueuses. J'ai l'air d'un enfant déguisé en noceur. Ma mère dit que je suis très beau.

Ma sœur acquiesce en souriant dans le soir qui tombe. Elle embrasse ma mère et sort avec son violon sous le bras. Nous dînons ma mère et moi. Une soupe de pommes de terre et du pain noir, comme toujours. Ma mère m'a fait mettre un tablier de cuisine pour que je ne tache pas le costume.

Dans la ville à demi morte encore, les gens se retournent sur mon passage. Je ne me suis jamais senti aussi mal à mon aise. Leurs regards pèsent sur moi. Je donne l'impression de sortir d'un avant-guerre insouciant, d'avoir fait un pas de côté dans le couloir du temps. Je marche vite. Je prie pour que le jour s'éteigne et que je disparaisse dans la nuit.

Le parc est un des rares lieux de la ville que la guerre a épargnés. Durant cinq ans, les bombes l'ont évité avec constance, sans doute parce que les arbres centenaires, les bassins aux poissons, les petits ponts japonais, les massifs de vivaces ne représentaient aucun danger. Ou peut-être est-ce simplement dû à un caprice de la mort qui s'abat quand elle le veut, où elle le veut, qui ne suit aucune logique humaine.

Des chaises de fer ont été disposées en cercles concentriques autour du kiosque. Beaucoup sont encore inoccupées. Je m'assieds sur l'une d'elles dans l'endroit le moins éclairé. Les chaises tout autour de moi sont vides. J'espère qu'elles le resteront. L'orchestre est là déjà, qui se prépare. Ma sœur m'a vu et m'adresse un petit signe de la tête. Je lui réponds de la même façon et je m'écrase le plus possible sur ma chaise. Il y a là près d'une centaine de personnes. Pauvrement vêtues comme chacun l'est en cette période. Avec mon costume précieux, je me fais l'impression d'être un prince tombé parmi eux. J'ai honte. Le concert va commencer. Seul l'intérieur du kiosque est désormais éclairé. Les lumières laissent choir sur les visages des musiciens un pollen doré. Après quelques raclements de gorge, des sons fuyants d'instruments qu'on accorde une dernière fois, le jeune chef surgit du noir et monte en courant les trois marches, s'incline vers le public qui l'applaudit, salue, se tourne vers l'orchestre, lève sa baguette, esquisse le premier geste.

Les notes s'élèvent dans le ciel de la nuit de mai. Le public est tendu vers l'écoute. Je respire un peu mieux. Personne ne fait plus attention à moi. Je ferme les yeux. J'écoute la symphonie. Je la connais sans la connaître. Ma sœur depuis des semaines répète sa partie. Je sais donc la mélodie, le rythme, la progression. Mais à ce moment, c'est comme si on avait habillé de chair un squelette. Ce ne sont plus simplement des os savamment assemblés que je retrouve, mais un corps entier, dans sa merveilleuse complexité, augmenté de sa chair, habillé de sa peau, de sa chevelure, et qui vit.

La légère fraîcheur qui vient avec la nuit fait se lever de mille endroits du parc des odeurs de terre tiède, d'herbe coupée, d'humus, de pétales de roses, de fleurs de glycine légèrement pourrissantes et, comme les cernant toutes et les surpassant, celle des grands tilleuls et de leurs fleurs poudrées. On dirait que ces parfums sont exaltés par la musique de Haydn, ou qu'ils en sont les prolongements, donnant à la mélodie un écho singulier fait d'une autre matière. C'est un long moment merveilleux. J'oublie mon accoutrement et j'oublie Félix de Vandenesse. Je suis dans la musique et les parfums printaniers du parc. Le premier mouvement se termine. Les applaudissements brisent le silence qui a suivi la dernière note.

J'ouvre les yeux pour applaudir moi aussi et voir le visage heureux de ma sœur. Je sursaute. Une femme est assise à ma droite. Elle a pris place sans que je l'entende arriver. Elle me regarde. Elle ne s'intéresse pas au concert. Son corps tourné vers moi, elle me fixe de ses grands yeux sombres. Son visage est très proche du mien. Je n'ose plus bouger. Elle a de beaux cheveux longs et bruns, dénoués. Le deuxième mouvement commence, alors la femme me sourit et prononce un prénom, Viktor, tandis qu'avec une infinie lenteur sa main s'approche de ma joue, et lorsqu'elle l'atteint, la caresse du revers de ses doigts. Je suis pétrifié.

Je prie pour qu'Anne soit en retard. Que son autobus ne soit pas passé. Je suis si bien. Je veux me souvenir encore. Avoir de nouveau quinze ans. Être dans le parc, près du kiosque à musique où ma sœur et ses jeunes amis jouent la musique de Haydn. La couverture me procure une belle chaleur. Le soir est encore loin. Le parfum des tilleuls me tient compagnie, comme un ami fidèle.

La femme brune répète inlassablement le prénom Viktor tandis qu'elle caresse mon visage et que ses yeux souriants le détaillent avec stupéfaction, comme on le fait quand on retrouve un être cher qu'on pensait avoir perdu pour toujours. Elle peut avoir l'âge de ma mère. Elle est plus grande qu'elle. Ses vêtements usés ont été élégants. La matière est précieuse quoique ravaudée par endroits. Elle s'approche plus encore de moi. Ses lèvres viennent contre mon oreille, dans laquelle elle murmure le prénom avant de m'embrasser. Mon cœur bat la chamade. Personne ne fait attention à nous. Nous sommes la matière de la nuit. Le premier baiser est suivi d'un autre, puis d'un autre encore. Elle saisit mon visage dans ses mains, le tourne vers le sien. Elle s'approche plus encore. Ses lèvres effleurent les miennes. Viktor. Puis s'y posent longuement.

C'est la première fois qu'on m'embrasse ainsi. Mes yeux se voilent. Je découvre combien des lèvres qui s'unissent font naître de douceur et de trouble. Sa chair fragile se pose et se presse contre ma propre chair fragile. Son souffle tiède se mêle au mien. Puis la pointe de sa langue sépare mes lèvres et vient dans ma bouche, y verse une salive au goût de glace à la fraise et de tabac, avant de se lover contre la mienne et de l'entraîner dans une ronde lente. Inépuisable et délicieuse.

Je vais vous aider à rentrer. La fraîcheur tombe. Non, Anne, s'il vous plaît. Laissez-moi encore un peu. Je suis avec la femme brune. Anne émet un petit rire. Je garde les yeux clos. Elle sait. Je lui ai raconté bien des fois l'histoire. Où en êtes-vous ? Elle vient de m'embrasser. Dans l'oreille ? Non avec la langue. Déjà. Oui mais nous sommes assis encore. Le concert n'est pas terminé. C'est le bel adagio. Mon fils est mon fils, mais il ne comprendrait rien. Et je n'ai jamais osé lui parler de la femme brune. Anne n'est pas mon fils. C'est une femme pleine de bonté. Elle ne me juge pas. Elle ne penserait jamais à me traiter de vieux fou. Je vais préparer votre dîner. Je reviens vous chercher dans vingt minutes. Anne remonte la couverture qui est un peu tombée, ajuste l'oreiller sous ma tête, caresse avec tendresse mes rares cheveux comme on le fait pour les nourrissons. J'entends ses pas s'éloigner sur le gravier.

La femme brune est de nouveau là au plus près de moi. Je sens son corps contre le mien. Il me semble que je suis ivre mais je n'ai jamais connu l'ivresse. Ses mains caressent mon costume, puis l'ouvrent, se plaquent contre la chemise, défont trois boutons, se posent sur ma peau, glissent sur elle. Je ne respire plus. Je vais mourir. J'ai quinze ans et je vais mourir, au son de la musique de Haydn, dans le parfum tourbillonnant des tilleuls.

Sans que je m'en rende compte j'ai enlacé la femme brune. Elle ferme alors les yeux, rejette son visage en arrière. Je plonge le mien dans sa gorge et l'embrasse. Mes baisers cascadent entre ses seins qui brûlent au travers de l'étoffe usée. Elle prend mes mains et les guide sur ses hanches, au creux de son ventre. S'ouvre alors la géographie de la plénitude et des îles au trésor.

J'essaie par la suite de retrouver la femme brune. Je viens bien des soirs dans le parc, en toute saison. J'assiste à quantité de concerts, ne ratant aucun de ceux qui inscrivent Haydn à leur programme. Les années passent sans que jamais je la revoie. Je ne sais pas si sa folie a fini par l'emporter très loin du monde des hommes. Si elle est morte d'un trop grand manque d'amour. Si elle a fini par se jeter du haut d'un pont ou dans une rivière, rongée par la douleur d'avoir à jamais perdu Viktor. Le temps ne parvient pas à altérer, ne serait-ce que très légèrement, le souvenir que je garde d'elle, et si je lui suis redevable de mon premier vertige sexuel, je lui dois surtout l'amour des femmes.

Le troisième mouvement de la symphonie nous accompagne vers le velours tendu des grands tilleuls. Nous ne marchons plus dans la vie. Nous foulons un rêve. Et la musique donne à ce rêve une profondeur ouatée. Durant des millénaires, les hommes ont cru qu'il arrivait parfois que des dieux s'unissent à des mortelles, ou que des hommes reçoivent les hommages des déesses. Ce soir de mai, j'éprouve ma propre mythologie.

Nous nous sommes allongés sur le gazon. Nos yeux se cherchent dans les ténèbres. Nos pupilles sont des étoiles jetées dans le haut ciel de mai. Je n'ai pas quinze ans. Je n'ai plus quinze ans. Cela ne veut rien dire. Le temps n'existe pas. C'est une piètre invention de comptable. Avec délicatesse la femme brune me déshabille, puis moi-même je la déshabille. Nous nous serrons nus l'un contre l'autre. Sa peau sent la fleur de tilleul. Je suis un faune. Mon sexe devient dur. Cela m'effraie et m'enchante. Elle l'entoure de ses deux mains comme on tient une bougie quand on a peur que sa flamme ne s'éteigne. Je glisse mes doigts entre ses cuisses qui se sont ouvertes. Tout y est brûlant et limpide. Elle me guide en elle. Mon Dieu, cette première fois. Il me semble tomber du haut d'une falaise sans craindre jamais d'atteindre le sol. L'air autour de ma chute m'enveloppe et m'enivre. Cela dure.

Quatrième et dernier mouvement. *Prestissimo.*

Où étais-tu donc ? Ta sœur est rentrée depuis longtemps déjà. Elle t'a cherché partout. Et ton costume ? Mon Dieu quel état ! Tu finiras par me faire mourir.

Ma mère m'attend dans l'entrée de notre immeuble. Son visage est creusé d'inquiétude. Elle a perdu un mari. Elle ne veut pas perdre un fils. Je ne réponds rien. Que pourrais-je dire ? Je monte me coucher.

Je garde la chambre et le silence pendant deux jours. Ma mère m'apporte des tisanes. Ma sœur, à ma demande, me joue chaque soir l'adagio de Haydn. Toutes deux me croient malades. Je veux simplement prolonger mon rêve. Sur mes doigts demeurent le parfum du sexe de la femme brune et la mémoire de sa fourrure. Je les respire. Je reviens sous les tilleuls. Je reviens dans son ventre. Je suis malade d'amour.

Il faut rentrer maintenant. Quoi ? Il faut rentrer. Regardez, on ne voit plus rien et vous allez attraper la mort. C'est elle qui va m'attraper, Anne, et plus tôt que tu ne penses. Ne dites pas de bêtises. Venez. Je vais vous aider. Tu sens le parfum des tilleuls. Anne m'aide à me soulever de la chaise longue. Cela nous demande un temps infini. Il fait froid soudain. Ma carcasse est celle d'un poulet concassé dans un mortier. J'ai mal partout. Tu le sens ce parfum, Anne ? Non. Quel parfum ? De quoi parlez-vous ? Je sens juste les gaz d'échappement des voitures et le vacarme des trams me fait mal à la tête. Nous marchons avec la lenteur des escargots. Venez mon vieux monsieur. Le jardin est noir. La maison est loin. Trop loin. J'aimerais rester dans le jardin et m'y endormir. Vous êtes fou. Mes quinze ans sont loin. Ma vie est loin. La femme brune est loin.

Quand mon fils est né je l'ai appelé Viktor. Ma femme m'a demandé pourquoi. J'ai menti. J'ai dit que c'était un beau prénom. Un prénom de victoire. Que notre fils allait vaincre. Tout cela était ridicule. Mais je ne pouvais pas dire la vérité. Je ne pouvais pas dire la femme brune, son sexe ouvert comme un sourire, son amour mort, les tilleuls, Haydn. Le parc et ses arbres épargnés par la guerre.

J'ai eu une vie heureuse. Une femme aimante et que j'aimais. Un fils qui est un fils. Je vais mourir sans rien regretter. Vous n'allez pas mourir. Mais si. Je ne crois pas avoir commis de mal, et si je l'ai fait, c'était sans intention. Quand j'ai senti ma semence jaillir dans le sexe de la femme brune, ce soir de mai, sous les frondaisons des tilleuls, et que j'ai entendu ses cris d'amour, ses plaintes de bête blessée, ses soupirs, ses râles, il m'a semblé sortir brutalement de moi-même. Ensuite, je ne sais pas si je suis jamais revenu en moi. Est-ce cela qui signe la fin de l'adolescence ? Cette entrée violente dans le monde adulte. Ce plaisir d'une si haute intensité qu'on ne peut l'éprouver qu'au prix de la lucide tristesse qui lui fait suite. Et des lendemains de regret. D'une infinité de lendemains de regret.

Ce que vous dites est trop compliqué pour moi. Vous parlez comme un livre. Je ne comprends rien. Anne verse dans mon assiette une soupe de pommes de terre. Elle coupe une tranche de gros pain noir. Pourquoi ne voulez-vous pas que je vous prépare autre chose à manger ? Un plat qui vous tiendrait au corps. Avec de la viande, de la sauce. De la crème. À votre âge, c'est ce qu'il vous faut. À mon âge. Tu sais ce qu'il me faut, toi qui ne sais rien. Je sais que cette soupe va vous tuer. Il n'y a rien dedans. C'est de l'eau claire.

Anne, chère Anne, laisse-moi de grâce manger mes quinze ans. Les fantômes sont là. Près de la porte. Tu ne les vois pas mais ils sont là. Ceux que j'aime. Ils sont là. Ils nous regardent et tu ne les vois pas. Qu'est-ce que vous me chantez là ? Tu es trop jeune, tu as le temps. Leurs corps à mes yeux se dessinent chaque jour plus nettement. Cela me ravit. Je vais être des leurs. Tu ne peux pas comprendre. Ils me prendront bientôt dans leurs bras de brouillard. Je sentirai leur cœur battre au rythme inexistant de l'éternité. Mangez votre soupe au moins. Elle refroidit. Et arrêtez de me parler de fantômes, je ne vais pas en dormir de la nuit. Il y aura aussi l'odeur des fleurs de tilleul à jamais, le bel adagio du kiosque, l'étreinte incandescente du sexe de la femme brune autour de mon membre juvénile. Taisez-vous vieux fou.

Tu as raison, je ne suis plus qu'un vieux fou, un vieux fou de quinze ans.

Voilà comment se clôt la vie, Anne : tout se résume et se rejoint. Je vais m'endormir et vivre enfin. Ce sera un long soir de mai. Il y aura des jeunes gens pleins de promesses qui joueront une symphonie dans le beau parc d'une ville en ruine. Après la guerre. Après toutes les guerres. Et tandis que je les écouterai en attendant sous les grands arbres une personne très chère à ma vie, je n'aurai plus à fermer mes yeux, vois-tu, car ils demeureront grands ouverts à jamais.

Irma Grese

C'est le Maire qui avait insisté. Une brave fille. Irma. Irma Grese. Qui n'a jamais eu de chance. Pas très intelligente mais pas méchante. Une famille difficile. Elle mérite un coup de main. La directrice s'était laissé convaincre. De toute façon, elle n'avait guère le choix, la maison de retraite dépendait de la municipalité. Elle-même avait été recrutée par le Maire. Comment refuser ? Les élections approchaient. La commune distribuait autant d'emplois sociaux que de colis de Noël pour les aînés. La mère avait dit à sa fille de prendre rendez-vous avec le Maire. De demander quelque chose. N'importe quoi. Fais ta gentille. Il aura peut-être une place.

Les deux Allemagnes n'en faisaient plus qu'une depuis cinq ans. Les communistes étaient devenus libéraux mais les pauvres étaient restés pauvres. On n'y comprenait pas grand-chose.

La fille avait dix-sept ans. Ne regardait jamais dans les yeux celle ou celui qui lui parlait. Elle donnait toujours l'impression de vivre dans la stupeur. Une grosse tête hébétée avec des joues trop roses, presque à vif. Des yeux trop bleus. Un front trop bas. Ni vilaine ni belle. Des membres trop lourds. Des cheveux trop fins. Blonds à être presque blancs.

Son CV tenait en trois lignes. Elle avait fréquenté l'école jusqu'à treize ans. Puis avait arrêté. Pourquoi ? Elle avait haussé les épaules. La directrice avait insisté. Le Maire était encore là. La fille avait fini par dire que la mère avait eu besoin d'elle. Pour l'aider. Les petits frères. Les petites sœurs. Il en sortait du ventre de la mère régulièrement. Et jamais de père dans ce monde-là, ou plutôt plusieurs. Quand la directrice lui demanda ce qu'elle savait faire, elle haussa encore une fois les épaules. Un peu de tout. Pas grand-chose.

Elle pourrait nourrir ceux qui ne peuvent plus le faire seuls. C'est le Maire qui avait parlé. Elle a fait ça avec des petits. Elle pourrait le faire avec des vieux. Tenez. Avec mon père par exemple. Vous dites qu'il lui faudrait quelqu'un à chaque repas. Que ça devient presque impossible.

La directrice confirma. Pourquoi pas. On peut faire ça. Oui. Et un peu de ménage aussi. Ça ferait un temps complet. Trois mois à l'essai. Parfait. Le Maire se leva. La fille ne savait pas ce qu'il fallait faire. Se lever ou rester. La directrice raccompagna le Maire et revint dans le bureau. La fille n'avait pas bougé. Tassée sur la chaise, comme un quartier de viande qu'on aurait posé là. Elle portait un jean bon marché. Un tee-shirt trop petit laissant voir les bourrelets de ses hanches qui débordaient du pantalon. Sur la nuque apparaissait un tatouage. Un idéogramme. Ça veut dire quoi ? demanda la directrice pour être gentille. La fille haussa les épaules. Je sais pas. C'est du chinois.

La directrice lui fit visiter l'établissement. Les vestiaires du personnel. Les cuisines. La grande salle de détente des pensionnaires. La salle à manger. Le coin télé. Les deux salles de soins. La partie jardin. Trois allées. Une terrasse. Quatre tables. Des chaises. Et puis les deux étages avec les chambres. Partout des fauteuils roulants à l'arrêt, comme disposés selon un ordre énigmatique pour un drôle de jeu de rôle, et dans ces fauteuils des vieux corps immobiles maintenus par une ceinture en toile nouée sur le ventre, aux visages effondrés, dont on ne parvenait pas toujours à distinguer s'ils appartenaient à des hommes ou à des femmes.

La directrice les saluait joyeusement, les appelant par leur nom. Quelques-uns répondaient. La plupart se contentaient de lever lentement leur regard blanc vers elle et de bouger les lèvres sans qu'aucun son n'en sorte. Certains ne réagissaient même pas.

La fille suivait la directrice, comme un animal. Elle trouvait qu'il y avait beaucoup de vieux. Vraiment trop de vieux. Qu'est-ce qu'ils attendaient là ? À quoi ils servaient ? Est-ce qu'on avait vraiment besoin de s'encombrer d'eux ? Et puis il y avait cette odeur. De soupe et de couches sales. Elle n'aimait pas cet endroit. Ça ira ? lui demanda la directrice. La fille haussa les épaules et lui répondit que oui. Je vais vous présenter au papa de monsieur le Maire. C'est ici. Chambre 104.

La directrice frappa trois petits coups joyeux. Elles entrèrent. La chambre avait la même odeur que les couloirs, mais en pire. Avec le renfermé. Près de la fenêtre il y avait un fauteuil, identique à tous les autres fauteuils. Et dans le fauteuil un vieux qui ressemblait au Maire. En plus maigre. En plus gris. En plus tassé. Avec trente ans de plus.

Bonjour Viktor ! Comment allons-nous aujourd'hui ? demanda la directrice en lui mettant la main sur l'épaule. Le vieux la regarda. Il y eut comme un sourire dans ses yeux, mais qui s'éteignit vite.

Je vous présente votre nouvel ange gardien ! Cette jeune fille va être aux petits soins pour vous. Elle va vous aider pour vos repas. Ce n'est pas gentil, ça ?

Le vieux posa ses yeux presque morts sur la fille. Là encore un sourire sembla s'y dessiner mais reflua comme si l'effort décidément était trop grand.

Je vous laisse faire connaissance. Revenez ensuite à mon bureau pour signer votre contrat.

Rien ne traînait dans la chambre. C'était comme si le vieux ne se trouvait là qu'en transit. Pas de vêtements. Pas de magazines. Le lit impeccablement fait. Les murs nus. Jaunes et bleus. Le vide. Sur la table de nuit, pas de vase ni de plante verte, mais un verre rempli d'eau et dans cette eau un dentier.

Une porte donnait sur la salle d'eau. Une douche avec un siège. Des W.-C. Un lavabo. Une armoire de toilette. Elle baissa son jean, sa culotte. S'assit sur la lunette, qui était très haute. Elle prit son temps.

Elle revint dans la chambre. Le vieux la suivait des yeux. Elle ne le regardait pas. Faisait comme s'il n'existait pas. Elle ouvrit le placard. Quatre slips. Des chaussettes. Un pantalon. Trois chemises. Deux gilets. Une sacoche. Dedans un portefeuille. Papiers d'identité. Permis de conduire. Carte d'électeur. Une très vieille photo en noir et blanc qui représentait un groupe de soldats, souriants, avec des chiens en laisse devant des wagons. Deux billets de dix Deutsche Mark. Trois pièces de un. Elle hésita. Les laissa. Referma le placard.

Elle s'assit sur le lit. Le vieux gémit ou essaya de dire quelque chose. Elle n'y fit pas attention. Elle regarda par la fenêtre. On voyait des arbres, des toits et le haut de l'enseigne lumineuse de l'Apokalypse, un bar qui faisait dancing le soir. Il appartenait à un type de Munich. Un gars de l'Ouest, qui ressemblait à tous les gars de l'Ouest, roulait dans une grosse Mercedes aux vitres teintées, avait racheté la moitié de la ville et les regardait de haut comme s'ils étaient tous des bouseux.

Elle aurait bien passé sa vie à l'Apokalypse. Mais il fallait de l'argent. De fait, elle y allait rarement. La musique. La danse. Elle aimait danser. C'est pas ça qui va te nourrir ! lui disait la mère. Elle haussait les épaules. Elle continuait à danser dans sa chambre. La musique à fond. Les frères et les sœurs qui se chamaillaient à côté, qui pleuraient, geignaient. Qui avaient faim. Sommeil. Soif.

Ça s'est bien passé ? Elle fit une moue qui pouvait signifier que oui. Vous verrez, le père du Maire n'est pas difficile. Ne vous étonnez pas, parfois il chantonne de vieux airs militaires. Laissez-le faire. Il ne fait de mal à personne. La guerre l'a marqué. Enfin, il a payé. Tout le monde a fait des erreurs. Surtout en ce temps. Il a droit à une vieillesse heureuse. De quoi elle lui parlait ? Elle ne comprenait rien à ce que la directrice disait. La guerre, c'était le Moyen Âge pour elle.

Elle signa le contrat en écrivant son nom. En traçant des lettres comme on le fait à huit ans. Énormes et tremblées. Tout cela prit du temps. Langue pointée entre les lèvres, sous les yeux de la directrice qui ne savait pas trop quoi penser de cette fille. Elle lui donna rendez-vous pour le lendemain, à sept heures. Elle ouvrit grand ses yeux et sa bouche. Sept heures ? répéta-t-elle, incrédule. La directrice confirma. Oui. Sept heures.

Elle eut un mal fou à se lever. Elle était la première dans la maison. Elle but un verre de lait froid. Passa ses vêtements sans se laver. Pas le temps. Pas envie. La mère était encore au lit. Les frères et les sœurs aussi. Elle vit le matin. Cela ne lui était pas arrivé depuis longtemps. Des gens qui se pressaient. Qui couraient pour aller travailler. Des fous. Avec des visages froissés. Elle en faisait partie désormais.

Quand elle arriva à la maison de retraite, la directrice l'attendait. Elle lui fit remarquer qu'elle avait cinq minutes de retard. Cinq minutes de retard, le premier jour. Ça commençait mal. Qu'est-ce que ça changeait cinq minutes ? Ils étaient pas à cinq minutes près les vieux. Ils avaient tout leur temps. Elle ne répondit rien.

La directrice l'accompagna aux cuisines. Elle lui montra comment composer le plateau du petit déjeuner pour le père du Maire : café au lait, deux tartines, beurre et confiture. Un yaourt. Une compote de pommes. Il faut qu'il mange tout. J'insiste. Lentement. Ensuite vous attendez un peu, et vous l'emmenez à la selle. À la quoi ?

Aux W.-C. si vous préférez. Vous l'installez sur les W.-C. Vous ressortez. Vous attendez. J'attends quoi ? À votre avis ? Elle comprit, eut un haut-le-cœur. Et après je fais quoi ? Vous l'essuyez. Je l'essuie ? Vous l'essuyez. Vous le rhabillez. Vous le ramenez dans son fauteuil.

Elle regardait le sol. Un carrelage beige, avec des joints gris. Elle fit une moue dégoûtée. Ça ira ? demanda la directrice. La fille haussa les épaules. Je vous laisse. Il faut que vous y alliez maintenant.

Le vieux avait été levé, lavé et habillé. Il l'attendait assis dans le fauteuil poussé devant une petite table. Elle posa le plateau dessus. Il la suivit des yeux. Elle ne lui dit pas bonjour. À quoi ça aurait servi. On lui avait expliqué qu'il avait perdu la parole. Qu'il n'avait peut-être plus toute sa tête. Il devait être sourd en plus.

Elle posa le plateau. S'assit en face de lui. Prit une tartine, l'approcha de sa bouche. Il l'ouvrit. Ses yeux brillèrent. Son dentier se referma sur le pain. Elle tira la tartine. Le vieux en déchiqueta un morceau, commença à le mâcher. C'était lent.

Il mâchait. Bavotait. Ça faisait des bruits moches, d'éponge qu'on essore et de nez qui renifle. Enfin il réussit à avaler. Elle avança de nouveau la tartine vers sa bouche. Il la happa comme une tortue qu'elle avait eue gamine, et à laquelle elle donnait des feuilles de salade. Il mit dix minutes à manger la première tartine.

Elle prit ensuite le bol de café au lait, qui avait déjà bien refroidi, le fit boire. Il en coula la moitié sur le menton et dans le cou, sur la bavette. Elle recommença. Le vieux fit glouglou. Elle attaqua la seconde tartine. Ça n'en finissait pas. C'était comme une punition. Dire qu'elle aurait pu faire autre chose. Être ailleurs. Dormir. Restaient encore le yaourt et la compote. À la petite cuillère. Cuillerée après cuillerée. Une éternité. Le regard du vieux brilla quand elle attaqua la compote. Il devait aimer ça. Il émettait des petits sons. Comme un rongeur excité. Il avait les lèvres barbouillées de confiture, de beurre, de café au lait, de yaourt et de compote. On aurait cru un très vieux bébé, ridé, affreux. Elle l'essuya avec la bavette.

Le vieux la regardait. Sa tête maigre oscillait sans cesse. On aurait cru qu'elle était montée sur un ressort. Elle repoussa la table, le saisit par-dessous les épaules et l'arracha de sa chaise. Debout, il faisait une tête de moins qu'elle. Elle le dirigea vers la salle de bains en le soutenant. Il avançait à la façon d'un robot japonais, en glissant ses pieds sur le sol, tout cela avec une lenteur cahotante, comme si sa batterie était en bout de course.

Il s'arrêta près des W.-C., opéra un demi-tour. Elle délaça la ceinture du pantalon, le déboutonna, baissa la braguette. Le pantalon chuta tout seul. Apparut un slip blanc démesuré duquel sortaient deux cuisses de poulet atrophiées, blanches et sans poils. Elle se détourna, tira sur le slip et posa le vieux sur la lunette. Elle le laissa seul. Elle revint dans la chambre, s'assit sur le lit. Regarda par la fenêtre. Les arbres. Les toits. L'enseigne de l'Apokalypse. Attendit une demi-heure.

Elle retourna dans la salle de bains. Le vieux s'était assoupi sur la cuvette. Il ronflait. Elle tira la chasse. Ça le réveilla. À la fois le bruit et puis l'eau qui gicla sur ses fesses. Elle le mit debout. Détourna les yeux, remonta le slip, le pantalon. Boutons. Braguette. Ceinture. Remettre le vieux dans son fauteuil. Le pousser près de la fenêtre. Prendre le plateau du petit déjeuner. Le redescendre aux cuisines.

Ensuite vous laverez les deux couloirs du bas. Et puis l'après-midi, vous ferez les deux du haut. Ça fera le compte d'heures. On lui donna deux seaux, un lave-pont, une serpillière, des produits ménagers, le tout sur un chariot. On la prenait pour qui ? Une bonniche ? Elle ravala ses mots, poussa le chariot. Attaqua le premier couloir. Elle le nettoya avec rage, à quatre pattes, grosse d'une énergie violente qui fit l'admiration de trois vieilles dont les fauteuils étaient garés côte à côte, en épi, et qui se ressemblaient comme des sœurs, avec leurs chemisiers fanés et leurs cheveux mauves. Une brave petite, dit l'une. Et courageuse, dit l'autre. Et belle avec ça, ajouta la troisième, dont les lunettes pendaient au bout d'une chaîne dorée.

Elle ne leur adressa pas un regard ni un mot. Elle enchaîna avec le second couloir du rez-de-chaussée. À peine l'avait-elle terminé qu'un vieillard passa avec son fauteuil électrique dans un bruit zézayant de machine à café. Il rentrait du jardin. Il laissa sur le sol humide deux longues traces parallèles, luisantes et souillées de terreau. Elle l'aurait tué.

Il était déjà l'heure d'aller aux cuisines et de préparer le plateau pour le déjeuner du vieux. Le cuisinier était un Turc de quarante ans, basané, maigre. Il avait deux dents en or et des tatouages sur les mains qui représentaient des sirènes. Elle l'avait déjà vu à l'Apokalypse. Toujours une fille collée à lui. Quand elle eut le plateau dans les mains, carottes râpées, steak haché, petits pois, poire au sirop, il en profita pour lui caresser les fesses. Je te fous le plateau dans la gueule si t'arrêtes pas. Vas-y pour voir, qu'il lui dit en souriant. T'es con, finit-elle par dire en souriant aussi. Les mains du cuisinier lui faisaient tout chaud à l'intérieur d'elle. Il s'appelait Özek.

Le vieux n'avait pas bougé de la fenêtre. Entre ça et être mort, elle ne voyait pas la différence. À quoi ça pouvait servir de rester vivant comme ça ? Elle posa le plateau. Lui mit la bavette. Tendit la première fourchette de carottes. C'était reparti comme le matin.

Sauf que cela dura deux fois plus longtemps. Elle n'en pouvait plus. Le vieux avait du mal à avaler. Il gardait tout dans sa bouche. Elle avait beau lui faire boire de l'eau. Il stockait comme un hamster. On aurait cru qu'il avait une balle de ping-pong dans chaque joue. Elle appuya dessus.

Le vieux sembla comprendre. Il roula des yeux inquiets et tenta de déglutir mais il ne parvint qu'à s'étouffer et à recracher sur la bavette la moitié de ce qu'il avait dans la bouche. Elle l'engueula. Elle essuya avec du papier, balança le tout dans les W.-C. On va faire un effort maintenant !

Le vieux avala le steak haché à une allure militaire avec les gorgées d'eau qu'elle lui donnait entre deux bouchées. Mais il ne desserra pas les lèvres quand elle lui présenta les cuillerées de petits pois. Elle eut beau essayer de forcer le passage, rien n'y fit. Juste pour m'emmerder, c'est ça ?

Il regardait par contre la poire au sirop avec une lueur d'envie. Elle s'en rendit compte. Elle prit le ramequin, coupa un morceau de poire, mit du jus dans la cuillère, l'approcha du visage du vieux, qui ouvrit aussitôt la bouche. Trop facile, ça ! Elle retira la cuillère. Pas de petits pois, pas de poire, ça vous apprendra ! Elle versa la poire dans l'assiette de petits pois. Se leva. Alla jeter le tout dans les W.-C. Tira la chasse. Le vieux la regarda faire et roula de grands yeux tristes. Elle le souleva et le traîna dans la salle de bains, le déshabilla, le posa sur la lunette. Referma la porte. S'assit sur le lit.

Les arbres. Les toits. L'enseigne de l'Apokalypse. La main du cuisinier sur ses fesses. Sa main avec des sirènes. La chaleur qu'elle avait ressentie. Elle eut envie de se caresser. Elle n'osa pas. Sur le lit. Dans la chambre du vieux. Si on entrait. La directrice. Une infirmière.

Elle alla rechercher le vieux. Le reculotta. Tira la chasse. Le traîna vers le lit.

Pour la sieste. Et puis après vous pouvez le laisser. Vous baissez un peu les volets. C'est tout.

C'était sa pause. Elle y avait droit. Pour le déjeuner mais elle n'avait pas faim. Elle alla dehors. Derrière le bâtiment des cuisines. Deux chaises. Un cendrier sur le rebord d'une fenêtre basse. Elle prit son baladeur, ses écouteurs, lança la musique. À fond. Du rythme. Rien que du rythme. Simple. Grossier. Elle fuma deux cigarettes. Elle ne pensait à rien. La musique l'envahissait. Elle gardait les yeux clos, le visage vers le soleil. Elle était bien. Elle oubliait le vieux. Le soleil fut caché par un nuage. Elle ouvrit les yeux. Pas de nuage mais le cuisinier devant elle, qui allumait une cigarette et la regardait d'un air qu'elle connaissait, avec un sourire qu'elle connaissait, qui lui donna des frissons dans le ventre. Il lui parlait mais elle n'entendait rien. Elle enleva ses écouteurs.

T'as quel âge ? Dix-huit, mentit-elle. C'est bien ça, dix-huit ans. Et toi ? qu'elle demanda. Trente-sept. T'es vieux. C'est bon les vieux. Ça sait. Ça sait quoi ? Tu veux que je te montre ? Elle haussa les épaules. Écrasa sa cigarette. Il était l'heure pour les couloirs. Il faut que j'y aille. Il se mit en travers de la porte. Pousse-toi. Vas-y passe. Pousse-toi. Pousse-moi alors. Elle l'écarta. Sentit son corps de serpent contre sa main. Haussa les épaules. Sourit. Il lui caressa la joue et les seins.

Quand elle se mit à nettoyer les couloirs du haut, elle ressentit une grosse fatigue. Pas l'habitude de frotter comme ça. Aussi longtemps. Aussi fort. Et puis sans comprendre pourquoi en plus. C'était tout propre. Les couloirs étaient déserts à cette heure. Les vieux étaient dans leur chambre ou dehors, à l'ombre, dans le jardin. Certains aussi étaient devant la télé, dans la salle d'activité. Assoupis.

Tout va bien ? Elle ne l'avait pas entendue. La directrice était derrière elle. Immense. Debout. Et elle, à quatre pattes. Elle haussa les épaules. Oui. La directrice regarda sa montre. À dix-sept heures trente, vous n'oubliez pas de préparer le plateau. Je vous laisse. C'est ça, laisse-moi. Va dans ton bureau. Va dans ta planque.

Elle lava les deux couloirs. Regarda les sols sécher sans penser à rien. Puis elle redescendit le matériel, le rangea. Alla fumer une cigarette. Elle entendait le cuisinier qui chantait, mais elle ne le vit pas. Sortaient par une fenêtre des odeurs de soupe. Elle détestait la soupe. Depuis toute petite. Le temps ne passait pas. Le temps n'avait jamais passé. Quand pourrait-elle se barrer enfin ? Faire sa vie ? La sienne, pas celle de sa conne de mère ?

Quand elle vit le plateau qu'on avait préparé pour le vieux, elle se dit que ça irait plus vite. Soupe. Jambon mouliné. Purée. Flan. Que du mou.

Il ne réagit pas quand elle entra. Il était toujours à sa place. Dans le fauteuil. Tourné vers la fenêtre. Les yeux clos. Il était peut-être mort. Elle posa le plateau sur la table, en faisant du bruit. Il n'ouvrit pas les yeux. Sa tête s'était affaissée sur sa poitrine. Elle le secoua du bout des doigts. Il releva la tête, ouvrit les yeux, la vit. Regarda le plateau sans comprendre. Revint vers elle. Elle déplia la bavette, la lui passa autour du cou. Et tout recommença. La lenteur. Les cuillerées. Les bouchées. La nourriture stockée dans les joues. Un supplice. Une torture. Sans compter qu'elle commençait à avoir faim. Elle mangea la tranche de pain. Et puis le flan. Vous n'aviez qu'à aller plus vite. Il était presque six heures et demie. Elle jeta le reste de soupe, de purée et de jambon dans les W.-C., tira la chasse, posa le vieux dessus. C'était plus son affaire. Elle avait terminé sa journée. À d'autres désormais.

Alors ? demanda la mère quand elle rentra. Alors quoi ? C'est comment ? Elle haussa les épaules. Occupe-toi de tes frères. Ça va pas la tête non ? Quoi ? J'ai bossé toute la journée moi ! Et moi, je me suis tourné les pouces ? Elle fonça dans sa chambre, ferma la porte à clé et mit la musique à fond. Les cris de la mère disparurent dans les basses. Elle dansa. Elle dansa pendant une heure. En ne pensant à rien. Puis en pensant aux mains du cuisinier. Au dessin bleu des sirènes.

Le lendemain, elle arriva à l'heure. La directrice la félicita pour sa ponctualité. Elle alla aux cuisines. Ne vit pas le cuisinier, qui devait arriver plus tard ou être occupé ailleurs. Elle prit un bol de café, du lait, deux tartines. Le yaourt. La compote. Posa le tout sur un plateau. Monta dans la chambre du vieux.

La chambre sentait la nuit. Une odeur d'urine et de bête chaude. Le lit avait été refait mais personne n'avait aéré. Le vieux était déjà lavé, habillé, assis sur la chaise près de la fenêtre. Il chantonnait. « *Die Fahne hoch ! Die Reihen dicht gechlossen. SA marchiert mit ruhig festen Schritt**. » Ça avait l'air de l'exciter. Il battait la mesure avec un pied. Elle ne connaissait pas cette chanson. Elle vint vers lui sans un mot, posa le plateau sur la table, noua la bavette autour du cou. Il arrêta de chanter. Ce n'était que le deuxième jour, mais elle avait déjà l'impression de répéter les mêmes gestes pour la millième fois. Elle ouvrit la fenêtre. Il s'était mis à pleuvoir.

---

* *« Le drapeau haut ! Les rangs bien serrés. La SA marche d'un pas calme et ferme. »* Paroles extraites du *Horst-Wessel-Lied*, chant qui a été l'hymne des SA puis du parti nazi.

Des merles sifflaient en sautillant sur les pelouses.

Elle commença à nourrir le vieux. Ce fut comme la veille. Lent. Désespérant. Elle en avait déjà sa claque. Et puis elle avait faim. Elle avait eu le temps de prendre une douche, mais pas celui d'avaler quelque chose. Le vieux calait sur la deuxième tartine. Elle mangea la compote. Puis le yaourt. Il la regardait. Il avait soudain cessé de mâcher. Quoi ? Ça change quoi ? De toute façon, vous les auriez pas voulus ? Pas vrai ? Et puis comme ça on gagne du temps. Allez, au pot maintenant ! Elle l'entraîna vers la salle de bains. Baissa le pantalon, le slip, l'assit sur la lunette. Lui laissa le reste de tartine dans la main. Vous finissez ! Il faut finir. Je veux plus rien voir quand je reviens.

Elle retourna s'asseoir sur le lit. Bâilla.

Plus tard ce furent les seaux d'eau, les couloirs, le déjeuner, les autres couloirs, le dîner.

Toujours pareil.

Comme ça.

Chaque jour.

Et la mère le soir qui lui prenait la tête pour un oui pour un non.

Les seuls moments qui changeaient, c'était les pauses. À fumer une cigarette ou deux dehors. Ou à se faire caresser par le cuisinier quand il était là. Qu'ils étaient seuls. Il l'entraînait dans la réserve. Il l'effleurait avec ses mains de sirène. Il lui touchait les seins sous le tee-shirt, lui baissait la culotte. Il lui parlait dans la langue de son pays. D'habitude, elle n'aimait pas les Turcs, les étrangers, les musulmans. Ils volaient le travail des vrais Allemands. C'était à cause des gens comme eux qu'elle était dans la merde. Mais lui, c'était pas pareil. Quand il enfonçait ses doigts en elle, elle devenait tout humide et gémissait. Il avait des doigts fins et longs, qui la brûlaient.

Ainsi passa la première semaine. Un siècle mort. Avec quelques éclats de lumière. Elle n'en pouvait plus du vieux. Elle aurait pu être ailleurs. À dormir dans son lit. À danser. À traîner autour de l'Apokalypse. À fumer des clopes avec le cuisinier. À l'embrasser. À se faire caresser.

Au lieu de ça, elle tendait des fourchettes de purée à une bouche.

Et il y eut d'autres semaines. Elle se mit à le haïr. C'était comme si le vieux lui volait son temps, sa jeunesse. Il était sa punition. Elle aurait pu faire tellement d'autres choses s'il n'avait pas été là. Sa lenteur la mettait hors d'elle. Et son odeur aussi. Sa chanson à la con. Toujours la même. Qu'il fredonnait en boucle. La couleur de sa peau. Ses grands yeux mouillés. Le tremblement de toute sa tête. Ses mains maigres et noueuses sur lesquelles des veines bleues, gonflées, se tortillaient comme des vers de terre. Il était repoussant. Inutile. On ne savait même pas ce qu'il avait dans la tête. Ni même s'il y avait encore quelque chose dans sa tête. Elle était peut-être devenue totalement creuse, comme les coquilles d'escargots morts qu'on trouve dans les jardins après l'hiver, et qu'on écrase avec le talon.

Elle ne s'embêtait plus à lui faire avaler tout son repas. Elle en mangeait la moitié, ou les trois quarts, ou la totalité, selon qu'elle avait faim, selon que les plats lui faisaient envie ou pas. C'était le cuisinier qui les avait préparés. En les mangeant, elle pensait à ses mains, à sa peau, à son sexe qu'il avait glissé en elle un soir, dans la réserve. C'était la première fois. Elle avait eu mal. Avait saigné. En même temps ça l'avait fait chavirer. Tu aimes ça. Oui, elle avait répondu. La nourriture la ramenait à lui. Quand elle n'avait pas très faim, après avoir donné deux ou trois bouchées au vieux, elle jetait le tout dans les W.-C. Tirait la chasse. Posait le vieux sur la lunette. Le laissait là une demi-heure.

De jour en jour il dépérissait. Il passait des heures à somnoler, dans un état de demi-conscience. Son cou ressemblait à celui des oisillons dans les nids, lorsqu'ils n'ont encore aucun duvet et qu'on ne voit d'eux qu'une chair rouge à peine enveloppée d'une peau fine, fragile et translucide. Fiévreuse.

Il mange bien ? Oui. Il mange tout ? Oui. La directrice regardait le père du Maire. La fille était à côté. Il a beaucoup maigri pourtant. La fille haussa les épaules.

Le vieux avait les yeux clos. La tête penchée sur le buste. Il ronflait légèrement.

Le médecin vint l'ausculter. L'anémie. L'âge. Rien que de très banal en somme. On lui posa une perfusion. La fille regardait le goutte-à-goutte. T'es content ? Tu veux que je me fasse virer, c'est ça ? Elle le détestait encore plus. Elle termina la salade de céleri. Attaqua le blanc de poulet. Elle s'amusait faire danser des petits morceaux sous ses yeux. Il ouvrait la bouche. Ses yeux brillaient d'envie. L'effort le faisait trembler. Elle éloignait le morceau. L'avalait. C'est bon. C'est bon le poulet. Ça l'amusait. Le vieux n'avait pas la force de crier mais son regard suppliait. Elle ne se laissait pas apitoyer. Elle termina le déjeuner. Amena le vieux sur les W.-C. L'y laissa. S'allongea sur le lit.

Quand elle lavait les couloirs, elle pensait au cuisinier. Elle l'imaginait venir derrière elle. Quand elle était à quatre pattes. Il l'avait prise une fois comme ça dans la réserve. Elle avait alors repensé aux chiens sur la photo du vieux dans le portefeuille, qu'elle avait regardée attentivement quand elle avait pris finalement les billets de dix Deutsche Mark. Qu'est-ce qu'il en aurait fait de son fric ? Le vieux devait être un des soldats. Celui tout à fait à gauche. Elle reconnaissait ses grandes oreilles. Il y avait aussi un type devant eux, très maigre, dans un drôle de costume rayé, et qui était à quatre pattes, comme s'il était lui aussi un chien. C'est lui que les soldats regardaient. Et c'est lui qui les faisait rire. Mais le type lui ne riait pas.

La journée passait plus vite quand elle pensait au cuisinier. Ils faisaient l'amour tous les soirs. Quand elle allait rapporter le plateau du vieux. C'était bon de le sentir en elle. Tu prends tes précautions ? Oui, avait-elle menti. C'est bien. Elle embrassait ses mains de sirène.

Le médecin ne comprenait pas. Malgré la perfusion. Malgré les repas. Le vieux glissait en dehors de la vie.

On prévint le Maire.

Elle le découvrit un jour dans la chambre, assis près du vieux. Elle entrait avec le plateau. Viens. Viens. Elle posa le plateau sur la table, près du lit. Le vieux était couché. Les yeux clos.

C'est la fin, dit le Maire. Il a eu une longue vie. On finira tous comme ça, ajouta-t-il. Elle pensa : pas moi. Moi je finirai pas comme ça. J'ai le temps. J'ai dix-sept ans.

Merci pour ce que tu as fait, reprit le Maire. Elle ne comprit pas. C'est gentil de s'occuper des personnes âgées. Tu es une bonne fille. Elle haussa les épaules. Le vieux émit un grand râle, comme s'il avait fouillé tous les recoins de ses poumons pour y trouver un peu d'air. Tu devrais nous laisser. J'ai besoin d'être seul avec lui. Elle reprit le plateau. Sortit de la chambre. Redescendit à la cuisine. Elle ne savait pas trop ce qu'elle devait faire. Elle alla chercher le chariot, le lave-pont, le seau, les produits, la serpillière. Elle commença à nettoyer les couloirs.

Le vieux mourut en fin de journée.

Elle l'apprit le lendemain.

Je ne sais pas trop ce que je vais faire de vous. La directrice était songeuse. Elle l'avait appelée dans son bureau. Elle regardait la fille plantée devant elle, la tête baissée, qui tortillait ses gros doigts. Le Maire est bien gentil, mais maintenant que son père nous a quittés, je n'ai pas assez de travail pour vous. Vous comprenez ? La fille haussa les épaules. Elle dit que oui parce qu'elle sentait que la directrice attendait une réponse.

À la bonne heure. Vous êtes jeune. Je vais vous faire une lettre de recommandation.

Elle rentra chez elle en fin de matinée. T'as été foutue à la porte ? Non. T'as fait une connerie ? Non. Qu'est-ce que je vais faire de toi ! La mère en peignoir secouait la tête. La fille haussa les épaules. De toute façon c'était un boulot de merde.

Elle alla dans sa chambre. Mit la musique à fond. Elle voulut danser mais eut soudain envie de vomir. Elle s'allongea sur son lit. Posa la main sur son ventre. Ça passa. Elle alluma une cigarette. Elle repensa au vieux. À sa tête de momie. À sa bouche. Elle chassa l'image avec celle des mains du cuisinier. Son tatouage de sirène. Ses doigts nerveux et doux à la fois. Sa peau brune et tendue. Elle se dit que le soir elle irait à l'Apokalypse. Qu'elle était libre. Qu'elle n'avait plus d'horaires. Que le lendemain elle pourrait dormir jusqu'à midi. Que plus personne ne lui donnerait des ordres. Qu'elle pourrait faire ce qu'elle voudrait désormais de sa vie.

Elle était enceinte de sept semaines.
Elle ne le savait pas encore.

Gnadentod

Des dessins inédits de Franz Marc aux enchères

Le 26 mai, dans le célèbre hôtel des ventes Drouot à Paris, vont être mis en vente une quarantaine de dessins de Franz Marc (1880-1940), considéré aujourd'hui comme un des plus grands artistes de la première moitié du XXe siècle, assassiné par les autorités nazies dans ce qu'il est convenu d'appeler désormais l'Aktion T4, au cours de laquelle furent gazés près de 80 000 handicapés physiques et mentaux, et autres pensionnaires d'établissements psychiatriques. Pour Viktoria Charles, une professeur d'histoire de l'art, spécialiste de l'œuvre de Franz Marc et commise comme experte pour cette vente organisée par l'étude de maître Tajan, « l'attribution de ces dessins au créateur du Blaue Reiter ne fait aucun doute ». Elle ajoute que c'est là « une découverte fondamentale dans l'œuvre de Marc, puisque datés de juillet 1937, les dessins prouvent que l'artiste, contrairement à ce qu'on avait toujours pensé, n'avait pas renoncé à l'art après la Première Guerre mondiale ». L'estimation de ces dessins dont la plupart représenteraient des loups et des chiens est fixée à 90 000 euros.

Article signé D. K.
dans l'édition du 16 mai 2004
de la *Frankfurter Allgemeine Zeitung*

Dossier 21-AG-3206
Franz Moritz Wilhelm Marc
Note FM 7140 3KTE

Aujourd'hui 7 janvier 1940, la Commission d'enquête de santé publique sur l'évaluation des patients a été amenée à examiner le cas de Franz Moritz Wilhelm Marc, citoyen allemand né le 8 février 1880 à Munich. Le sujet, âgé de 60 ans, est interné dans l'établissement public d'Eglfing-Haar depuis août 1923, ce qui fait de lui le plus ancien des pensionnaires.

Son dossier indique qu'il avait auparavant fait trois séjours d'inégales longueurs dans d'autres hôpitaux psychiatriques, le premier faisant suite à une interpellation dans une rue de Berlin, le 5 mai 1920, pour troubles à l'ordre public. Le rapport de police indique que le sujet était alors monté sur un banc de la Kirschen Strasse et qu'il s'était peu à peu déshabillé, pliant à mesure ses vêtements et les posant en équilibre sur sa tête, jusqu'à être totalement nu. Il ne prononça aucune parole et ne résista pas quand la police vint interrompre sa prestation.

Il garda le mutisme le plus complet lors de son interrogatoire et il s'avéra vite que son cas relevait de la psychiatrie. Il fut présenté au Docteur Schnigge de l'institut P. B. Schotz qui diagnostiqua un délire schizophrénique avancé, de forme catatonique, et conseilla un internement immédiat. Son épouse, Maria Marc, née Franck, ne s'y opposa pas. C'est ainsi que le sujet passa cinq mois à l'institut du Docteur Schnigge, où il reçut des traitements à base d'électricité qui portèrent leurs fruits puisque le sujet fut déclaré apte par les médecins à sortir de l'établissement à la mi-octobre 1920.

Le dossier de Franz Marc indique qu'il se présenta de lui-même à la porte de l'institut au tout début du mois de mars 1921.

Sa femme n'était pas au courant de sa démarche. Il ne motiva pas son geste et garda le silence face au questionnement des médecins. Le Docteur Willart, successeur du Docteur Schnigge décédé en décembre 1920, décida d'interner le sujet. Son séjour dura cette fois près d'un an. Les médecins continuèrent les traitements électriques qu'il supportait bien. Celui-ci ne fit aucune crise majeure et il fut décidé une fois encore de mettre fin à son séjour à l'institut.

Franz Marc sortit le 3 février 1922. On suppose qu'il retourna vivre avec son épouse, qui s'était installée à Munich où elle demeure encore aujourd'hui.

Durant l'été 1923, plusieurs rapports de police font état d'incidents mineurs dans lesquels fut impliqué Franz Marc. Tous eurent lieu dans l'Englischer Garten de Munich, en particulier à proximité de la Tour chinoise. Franz Marc fut surpris à ramper sur les pelouses, avec lenteur et discrétion, comme un soldat se préparant à l'attaque, selon les dépositions des témoins, en direction des estivants ayant pris place dans le Biergarten. Il ne fit preuve d'aucune violence mais son comportement finit par apeurer les enfants et agacer le public. Les gardes du parc avertirent la police. Franz Marc n'opposa pas de résistance lors de son arrestation le 5 août 1923. Son épouse signa son admission à l'asile psychiatrique public d'Eglfing-Haar où il séjourne donc depuis ce temps.

Au fil des années, Franz Marc fut soumis à des cures électriques mais celles-ci furent abandonnées quand les médecins se rendirent compte que le patient n'était sujet à aucune crise dommageable pour lui-même ou pour les autres. Obéissant et calme, constamment mutique, il fut employé au fil du temps à différentes tâches au sein de l'asile, prenant à cœur d'effectuer les travaux qui lui étaient confiés, jardinage, lavage des sols, des toilettes et des salles d'eau, confection de sacs en papier, épluchage de légumes. Les rapports mentionnent un seul refus, qui eut lieu lorsqu'on voulut affecter Franz Marc à des tâches de peinture dans le cadre de la réfection d'un dortoir. Il jeta les pinceaux qu'on lui avait confiés et renversa les pots de couleur.

Ceci apparaît d'autant plus étonnant que Franz Marc, fils de peintre, avait lui-même étudié la peinture à l'Académie des beaux-arts de Munich et avait mené une carrière d'artiste jusqu'à la Grande Guerre, connaissant un certain succès auprès d'une société avilie et corrompue dont on sait depuis combien elle a été responsable du désastre de la défaite. Mais sans doute le traumatisme de la guerre a-t-il agi chez lui comme une révélation, lui permettant de rejeter avec force les sirènes d'un art qui ne pouvait mener à rien, dans le sens où il n'était que mensonge et ferment de dégénérescence.

Il est en ce sens éclairant de lire le rapport que le Docteur Gästner rédigea suite à la visite qu'il fit le 28 juin 1937, avec quelques patients parmi les plus calmes, dont Franz Marc, à l'édifiante exposition « Entartete Kunst » qui avait été proposée au public dans la cour de l'Institut archéologique depuis le début du même mois. Parmi les œuvres présentées, certaines avaient été peintes par Franz Marc lui-même, et lorsque le Docteur Gästner le plaça face à elles pour observer ses réactions, il constata que Franz Marc ne manifesta aucune émotion ni sentiment. Quand le médecin indiqua au malade que c'était lui qui avait peint jadis ces tableaux, celui-ci ne réagit pas davantage et s'éloigna.

Plus tard, durant la même matinée, lorsque le petit groupe visita la Maison de l'art allemand située en face de l'exposition, le Docteur Gästner constata que le comportement de Franz Marc changeait et que l'homme semblait manifester un grand intérêt pour les œuvres présentées là et qui témoignaient du génie allemand. Il remarqua en particulier que le sujet s'attarda un très long moment devant le chef-d'œuvre *Les Quatre Éléments* d'Adolf Ziegler appartenant à notre Führer et que celui-ci avait eu la bonté de prêter pour que les visiteurs puissent en jouir.

« Le visage du patient se transforma, note le Docteur Gästner. Un sourire apparut sur ses traits, ce que je n'avais pas observé auparavant car il ne se départissait jamais d'une constante expression d'absence et de stupéfaction. Sans doute, dans son esprit confus, parvenait-il malgré tout à être touché par la force et la grandeur de l'œuvre, ce qui aurait tendance à prouver que l'art, quand il atteint une haute excellence et se pare de vertus édifiantes, parvient à entrer dans les psychismes les plus contrariés. »

Suite à cette découverte, le praticien tenta de ressusciter chez Franz Marc le goût de la peinture et du dessin, espérant opérer une amélioration de son état. À trois reprises, il l'invita à s'asseoir à une table sur laquelle il avait disposé des feuilles, des crayons, quelques pinceaux et couleurs. Franz Marc resta deux heures assis, sans toucher aucun des objets, le regard perdu dans le mur qui lui faisait face. Le médecin mit fin à ces expériences.

L'examen clinique auquel nous avons soumis Franz Marc témoigne d'un état de santé général satisfaisant. L'examen cardiologique ne présente aucune anomalie. La tension est normale et le pouls régulier. Le cahier d'infirmerie témoigne de la bonne constitution et de la résistance du sujet puisque, durant toutes ces années, il n'a été victime qu'une seule fois de la grippe et n'a jamais été soigné pour aucune autre pathologie.

Blessé en 1916 par un éclat d'obus lors de la bataille de Verdun, Franz Marc a été trépané. Il est resté sourd de l'oreille gauche et son oreille droite a subi alors une perte d'audition estimée aux trois quarts de la normale. On peut supposer que celle-ci s'est légèrement accentuée avec l'âge même si l'examen n'a pu le démontrer en raison de l'absence totale de coopération du sujet, qui n'a pas réagi aux différentes questions et demandes de notre commission.

Nous terminerons ce rapport en mentionnant le fait que Franz Marc n'a d'autres parents que sa femme qui vient le visiter à la date de son anniversaire, le 8 février, et le 22 juillet, ce qui semble être la date de leur anniversaire de rencontre. Le personnel interrogé indique que le sujet reste totalement indifférent à ces visites et ne semble pas reconnaître sa femme.

Quant à celle-ci, elle reste une heure en compagnie du sujet, lui tenant la main, essayant de parler avec lui, mais elle n'obtient jamais de réponses.

Heil Hitler !

Rapport établi par les soussignés
Docteur Emil Löre
et Docteur Ferdinand Breyer,
et transmis au Comité chargé des asiles
psychiatriques du Reich.

À Eglfing-Haar, le 7 janvier 1940

Enchères record

La vente d'art contemporain organisée par la maison Tajan le 24 mai a connu quelques enchères exceptionnelles dont celles qui ont été menées autour d'un ensemble de dessins attribués à Franz Marc (1880-1940), l'un des principaux artistes de l'avant-garde allemande du début du XXe siècle. Un collectionneur privé a ainsi emporté le lot pour la somme de 430 000 euros, hors frais de vente. Ceci constitue un record mondial pour des dessins de l'artiste.

Article signé Fr. H.,
édition du 28 mai 2004
du quotidien *Le Monde*

Dossier 21-AG-3206
Franz Moritz Wilhelm Marc
Avis CVT-54-H-45832

La Commission d'hygiène a examiné, aujourd'hui 16 février 1940, le dossier 21-AG-3206 concernant le patient Franz Moritz Wilhelm Marc ainsi que le rapport des Docteurs Emil Löre et Ferdinand Breyer établi le 7 janvier 1940 lors de leur visite à l'établissement psychiatrique d'Eglfing-Haar, dans le cadre de l'enquête de santé publique sur l'évaluation des patients, et consigné sous la cote FM 7140 3KTE.

Il apparaît que la commission ne peut se prononcer sur le cas de Franz Marc car elle n'en a pas la compétence en raison du fait consigné dans le rapport des deux médecins enquêteurs, qui rappelle le passé d'ancien combattant de la Grande Guerre du patient.

Aussi la commission requiert-elle l'avis du Professeur Jennerwein, seul habilité dans ce cas à prendre la juste décision pour le bien et dans le respect du patient.

Heil Hitler !

Pour la Commission d'hygiène,
le Sous-Directeur,
Docteur Ernst Von Haggen.

À Berlin, le 16 février 1940

« Tout biographe a le droit de réinventer la vie sur laquelle il se penche »

À l'occasion de la parution du livre *Franz Marc, une biographie* (Carl Hanser, München, 2016), nous avons rencontré son auteur Wilfried F. Schoeller, qui est au centre d'une vive polémique lancée à la fois par des historiens, la Direction des archives nationales et d'éminents acteurs du marché de l'art.

Der Spiegel : Vous aimez le scandale ?

Wilfried F. Schoeller : Pas spécialement. J'aime la tranquillité, mais je déteste le mensonge.

DS : Comment vivez-vous cette tempête au cœur de laquelle vous êtes plongé ?

WFS : Elle finira bien par se calmer. Je n'ai pas l'intention de me noyer, rassurez-vous.

DS : Votre livre sur Franz Marc se présente comme une biographie, c'est-à-dire le récit scrupuleux d'une vie. Or vous affirmez dans votre ouvrage que le peintre n'est pas mort en 1940 comme tous les dictionnaires en témoignent, mais en 1916. Alors biographie ou roman ?

WFS : Je tiens au terme *biographie*, sinon j'aurais employé celui de *roman*. Mais tout biographe a le droit, et même le devoir, de réinventer la vie sur laquelle il se penche. Avant mon ouvrage, vous venez de le rappeler, il était convenu d'admettre que Franz Marc avait survécu à sa grave blessure durant la guerre, qu'il était devenu un être asocial, se renfermant de plus en plus sur lui-même au point d'être interné pendant de longues années et de disparaître dans le cadre de l'extermination des fous et des handicapés fomentée par le IIIe Reich.

DS : Mais il y a des preuves de cela.

WFS : Des preuves ? Parlons-en. Quelles preuves ? L'essentiel des preuves, et j'ai pu les consulter, sont aux archives fédérales rassemblées dans la section *Euthanasie-Verbrechen-Zentralarchiv*. Les documents émanent de l'administration de l'Aktion T4. Dans la plupart d'entre eux, on le sait fort bien et depuis longtemps, les noms des personnes ont été changés, ceux qui signent les rapports utilisent constamment des pseudonymes et narrent les faits en les travestissant, modifiant les lieux, les dates. Si l'extermination des malades a été une épouvantable réalité qu'il serait criminel de nier, les documents qui organisent ou rendent compte de cette action obéissent quant à eux davantage à une œuvre de fiction dont ils empruntent les procédés. Les seules preuves admissibles pour moi concernant Franz Marc sont qu'il n'apparaît plus jamais en tant qu'artiste ni même homme, après la date de 1916 où il reçoit un éclat d'obus. Les documents qui attestent son existence au-delà de cette date sont justement ceux qui sont conservés dans ces archives et qui ont été rédigés par les médecins nazis et leurs affidés. Je viens de dire ce que j'en pense. Vous ne trouverez aucun peintre qui le connaissait, aucun marchand d'art, aucun critique, pouvant mentionner une seule anecdote qui apporterait la preuve qu'il n'est pas mort au moment où je le dis.

DS : Quel intérêt le régime nazi aurait-il eu à faire « survivre » Franz Marc ?

WFS : Tout d'abord, je vous demanderai de bien vouloir considérer que la logique et la pensée nazies étaient bien différentes des nôtres. Ce n'est pas la raison qui motivait les actions et les décisions nazies. Cela posé, on ne peut donc qu'avancer des hypothèses car nous ne pensons pas, fort heureusement, avec les cerveaux malades qui étaient les leurs. Un régime a toujours besoin de repentis, dont la parole de repentance sonne bien plus fortement que les mots de ceux qui adhèrent d'emblée et inconditionnellement au discours nouveau. Si le régime parvient soudain à exhiber un artiste qui cesse de produire une œuvre considérée comme « dégénérée » et choisit par exemple de ne plus créer, voire même de s'enthousiasmer devant la peinture officielle, comme un rapport de l'Aktion T4, que je reproduis dans mon livre, semble le suggérer, on comprend la force que cela peut avoir sur les esprits.

DS : Vous faites allusion à ce rapport qui mentionne une visite de Franz Marc et d'autres pensionnaires à l'exposition de 1937 sur l'art dégénéré ?

WFS : Absolument. Un pur délire.

DS : Mais pourquoi les nazis se seraient-ils donné tant de mal pour faire exister Franz Marc, d'une façon la plus discrète possible, dans un asile, caché des regards de tous ? En l'occurrence, ce n'est pas le meilleur moyen pour en faire un outil de propagande. Le monde n'en a jamais rien su. Les nazis l'auraient fait vivre et mourir loin de tout regard extérieur, ça ne tient pas.

WFS : Et de quoi parlons-nous vous et moi en ce moment sinon de cela ?

DS : Nous sommes en 2016. Le nazisme s'est effondré il y a plus de soixante-dix ans.

WFS : C'est un effondrement qui reste stable sur certains points puisque nous parvenons à polémiquer encore comme nous le faisons sur ce qu'ils ont fait ou ce qu'ils n'ont pas fait. Il me semble qu'il y a une chose essentielle à connaître, c'est que ceux qui avaient conçu ce régime, ceux qui l'avaient servi, avaient l'ambition qu'il dure mille ans. Le régime n'était pas à la mesure d'une vie humaine, et un de ses grands travaux, dont on n'a peut-être pas encore pris totalement la mesure, était de créer une mémoire de l'humanité qui n'avait rien de commun avec la mémoire effective de cette même humanité. Il s'agissait sans cesse pour le régime de déconstruire le réel à partir du moment où celui-ci le desservait et risquait de lui nuire, et de lui substituer un réel à sa botte et à sa gloire.

DS : Et d'après vous, la « fausse vie » de Franz Marc intervient dans ce cadre ?

WFS : Oui. Elle, comme d'autres innombrables mystifications, des milliers de petits cailloux, des grains de sable glissés dans la mécanique de la mémoire et du réel.

DS : Mais pourquoi se donner tant de peine ? N'est-ce pas donner trop d'importance à l'édification que pouvait représenter le renoncement de Franz Marc, et sa joie devant les représentations de l'art officiel ? Qui cela aurait-il pu toucher ?

WFS : Encore une fois, cela touche moins des êtres que la mémoire générale et collective de l'humanité. Les nazis songeaient déjà à la façon dont l'histoire parlerait d'eux. Ils travaillaient à détruire le présent pour mieux réécrire l'avenir. C'est là sans doute la part la plus diabolique de leur action, et on n'a pas fini d'en découvrir les conséquences : ils ont exterminé des millions d'êtres humains, mais ils ont œuvré aussi à l'extermination de la mémoire.

DS : Mais les documents qui attestent de l'existence de Franz Marc jusqu'en 1940 sont les mêmes qui dévoilent la mécanique d'extermination mise en place par les nazis. Ne trouvez-vous pas paradoxal de forger de faux documents qui permettent aussi de condamner ceux qui les fabriquent sur des agissements qui, quant à eux, sont indubitables ?

WFS : N'est-ce pas le meilleur moyen d'authentifier le faux que d'avouer le pire ? Si le pire est vrai et qu'on le confesse, alors ce qui est moins pire est d'autant plus vrai.

DS : Et que faites-vous des dessins qui ont été mis en vente en 2004 à Paris ? Les experts les ont attribués de façon certaine à Franz Marc. Ils étaient datés de juillet 1937. Soit vingt et un ans après la mort que vous lui supposez. Vous n'en parlez même pas dans votre ouvrage.

WFS : Parce que cela n'en vaut pas la peine. Parce que je ne veux pas, même en déniant leur vérité et leur existence, laisser un instant supposer que je les considère. Ces dessins n'existent pas.

DS : On pourrait sans doute vous attaquer devant les tribunaux pour ces propos. Une vente a eu lieu, les dessins ont été achetés pour une fortune, tout cela s'est fait au grand jour.

WFS : Au grand jour ? Avez-vous vu les dessins ? Moi pas. Il n'y a pas eu de catalogue. On ne pouvait les admirer que pendant deux heures d'exposition. Ils étaient présentés derrière des vitrines. Il était impossible de les examiner sérieusement.

DS : Une experte les a authentifiés.

WFS : La parole d'une experte, aussi compétente et honnête soit-elle, n'est pas une parole d'évangile.

DS : Est-ce que vous insinuez que celui qui a déboursé plus de 400 000 euros s'est fait voler ?

WFS : Il y a bon nombre de nostalgiques du nazisme qui, d'une façon ou d'une autre, tentent de faire vivre et ressurgir son esprit. Qui a déboursé cette somme ? Un enchérisseur anonyme au téléphone. Qui était le vendeur ? Il voulait lui aussi rester anonyme. Comment s'est-il procuré les dessins ? Nul ne le sait. A-t-on revu ces dessins depuis ? Jamais.

DS : Donc ?

WFS : Donc j'attends qu'on me prouve qu'ils existent.

DS : Avez-vous songé à la veuve de Franz Marc lorsque vous écriviez votre livre. Elle est morte en 1955. Ne pensez-vous pas qu'elle aurait réagi très violemment si elle avait eu connaissance de votre proposition ?

WFS : Elle n'est plus là.

DS : Oui, je viens de le dire. Mais imaginons un instant qu'elle le soit.

WFS : Votre question prouve que, lorsque cela vous arrange, vous êtes prêt vous aussi à tordre le cou aux évidences, au cours de certaines vies, ainsi qu'à la mort elle-même.

DS : Mais encore ?

WFS : Je n'ajouterai rien.

Entretien mené par Edgar Bahrein,
paru dans *Der Spiegel* du 19 avril 2016

Dossier 21-AG-3206
Franz Moritz Wilhelm Marc
Acte 231-XTU-GRAQ-56

Le secrétariat du Professeur Jennerwein a examiné ce jour, 23 février 1940, le dossier 21-AG-3206 concernant le patient Franz Moritz Wilhelm Marc ainsi que l'avis CVT-54-H-45832 de la Commission d'hygiène.

Il apparaît à l'examen approfondi de toutes les pièces rassemblées et à la lecture attentive des rapports médicaux qu'il serait de la plus grande humanité que le patient Franz Marc, après une vie longue et encombrée de souffrances, puisse bénéficier du programme mis en place pour soulager, selon la volonté du Führer, les malades les plus handicapés dont l'état de santé ne peut hélas laisser espérer de rémission.

Heil Hitler !

Secrétariat du Professeur Jennerwein

À Berlin, le 23 février 1940

Franz Marc (1880-1940), peintre et graveur bavarois

Franz Moritz Wilhelm est né le 8 février 1880 à Munich. Son père, peintre, a notamment travaillé pour Louis II de Bavière. Il commence ses études à l'Académie des beaux-arts de Munich, mais les interrompt brutalement sans motif connu.

Fasciné par les animaux, il en fait le centre de son travail, notamment les chevaux. Un séjour à Paris le met en contact avec les œuvres des peintres Van Gogh et Gauguin, dont il subira l'influence.

De retour en Allemagne, il fréquente de nombreux artistes et collectionneurs. En 1910, il s'installe à Indersdorf, près de Dachau. L'année suivante, sa rencontre avec Vassily Kandinsky se révèle déterminante dans son parcours. Avec lui, il crée Der Blaue Reiter, et se fait connaître avec ses variations sur le thème du Cheval bleu. Plus tard, influencé par le travail des futuristes italiens et du Français Robert Delaunay, il s'oriente vers l'abstraction.

Au déclenchement de la Première Guerre mondiale, il se porte volontaire. Tandis qu'il opère une reconnaissance près de Verdun, il est gravement blessé par un éclat d'obus en mars 1916.

Trépané, soigné longuement, il gardera comme séquelle une surdité totale de l'oreille gauche. À la fin de la guerre, malgré les exhortations de son galeriste, d'amis peintres et de collectionneurs, il décide de mettre un terme à sa carrière de peintre, au prétexte que « Ni le monde ni les hommes ne méritent d'être peints », ainsi qu'il l'écrit sur un bois gravé qui sera sa dernière œuvre, et ne comporte que ces seuls mots et aucun motif ni figure.

Il décide de devenir pasteur, puis abandonne cette voie. Il entre comme rédacteur dans une agence publicitaire à Berlin pour laquelle il travaille jusqu'au début de l'année 1920. Un incident le conduit alors à être interné une première fois dans un service de psychiatrie.

À partir de ce moment, les séjours seront de plus en plus nombreux et il finira par ne plus sortir des divers hôpitaux dans lesquels il sera transféré au gré de son existence. Il meurt à Gomadingen le 16 mars 1940, à l'âge de soixante ans, semble-t-il d'un arrêt cardiaque.

Son œuvre, marquée par le sens de la couleur, de la géométrie et du mouvement, a connu un vrai retentissement avant la Première Guerre mondiale pour finir par être presque oubliée ensuite. On assiste aujourd'hui à une timide redécouverte de sa singularité.

Notice signée E. K., in *Encyclopédie des peintres et graveurs allemands*,
Vertüge und Schaffler Verlage,
Cologne, 1954

Dossier 21-AG-3206
Franz Moritz Wilhelm Marc
Copie du courrier FMWM-453-A

Le Directeur de la Fondation caritative des soins en institution, Docteur Wilfried Schnee

à

Madame Maria Marc, 45 Blumen Strasse, Munich

Madame,

Je tenais à vous informer que, dans le cadre d'une opération décidée par les plus hautes autorités et visant à placer nos pensionnaires dans des lieux moins exposés aux risques inhérents à la guerre, nous avons transféré Franz Moritz Wilhelm Marc, votre mari, dans un établissement où il pourra continuer à recevoir les soins qui lui sont nécessaires.

Je ne peux, pour des raisons évidentes de sécurité, vous donner pour l'instant plus de précisions concernant son nouveau lieu d'accueil mais je ne manquerai pas de revenir vers vous quand il me sera loisible de le faire.

Veuillez recevoir, Madame, la marque dévouée de ma très haute considération.

Heil Hitler !

Docteur Wilfried Schnee

Berlin, le 3 mars 1940

« Le Reichsleiter Bouhler et le Docteur Brandt sont chargés de la responsabilité d'étendre le domaine de compétence de certains médecins, nommément désignés, afin que les patients qui, pour autant que l'entendement humain puisse en juger après un diagnostic des plus approfondis, sont considérés comme incurables aient droit à une mort miséricordieuse. »

Adolf Hitler, 1er septembre 1939

Lettre ouverte du Docteur Friedrich Untermalher

Ma nature ne me porte pas à sortir de l'ombre discrète dans laquelle j'ai mené toute ma vie, mais une récente campagne visant à mettre en doute l'authenticité de dessins de Franz Marc mis en vente il y a quelques années, et par-delà l'honnêteté de ceux qui auraient organisé cette vente, me pousse à prendre publiquement la parole.

Je m'appelle Friedrich Untermalher et j'ai soixante-treize ans. Je suis né à Munich et je n'ai jamais quitté cette ville où j'ai exercé pendant plus de quarante ans la médecine. C'est moi qui au début des années 2000 ai découvert à la mort de mon père, dans sa maison, une chemise cartonnée contenant 38 dessins exécutés au crayon noir, dont certains étaient rehaussés de couleurs. Tous avaient le même format de 40 centimètres sur 30 centimètres. Onze d'entre eux portaient la signature nettement visible et caractéristique : « Fr Marc ».

Sans être un spécialiste en histoire de l'art, je suis tout de même un amateur de peinture et le nom de Franz Marc m'était bien entendu connu. Mon père, Viktor Untermalher, a été employé de 1933 à 1974 dans l'hôpital psychiatrique d'Eglfing-Haar comme agent d'entretien. C'était un homme simple et travailleur qui avait un grand respect pour l'institut qui l'employait, pour le personnel et les pensionnaires qui s'y trouvaient. Au fil du temps, beaucoup d'entre eux lui avaient fait de petits cadeaux, le plus souvent des objets confectionnés dans les ateliers où les patients pouvaient se rendre. Il les avait tous gardés dans une malle conservée dans son grenier, sur le couvercle de laquelle était collée une étiquette où apparaissait, écrit de sa main, le nom de l'institut psychiatrique d'Eglfing-Haar.

C'est dans cette malle, parmi des poupées en chiffon, des pots à tabac en terre cuite, des morceaux d'écorce de pin où on avait gravé ses initiales, que se trouvait la chemise avec les dessins. Mon père ne m'avait jamais parlé d'eux, pas plus qu'il n'avait évoqué devant moi le nom de Franz Marc, ni même la présence d'un peintre célèbre parmi les pensionnaires qu'il avait côtoyés pendant quarante ans. Mon père était un homme fruste, qui n'avait jamais fait d'études. Sans doute ignorait-il qui était Franz Marc : il dut recevoir les dessins comme il recevait les autres cadeaux des pensionnaires, sans leur attacher davantage de valeur, mais tout en les conservant cependant, par-delà les années, par respect sans doute pour celles et ceux qui les lui avaient offerts.

Je n'ai pas pris immédiatement la mesure de cette découverte. J'ignorais qu'après la guerre, Franz Marc n'avait plus jamais peint ni dessiné. Cependant, en regardant ce que contenait la chemise, j'ai été frappé par la grande beauté des dessins, leur pureté, l'harmonie des couleurs quand celles-ci étaient utilisées. S'ils représentaient constamment des animaux, chiens, loups, renards, fauves, il ne se dégageait des scènes nulle violence ni cruauté qu'on aurait pu attendre de ces espèces, mais bien au contraire une harmonie et une douceur comme saisies dans les premiers temps du monde, édénique et paisible, avant que l'homme y pose sa patte mortifère.

C'est en sollicitant l'avis d'un historien d'art de ma connaissance que celui-ci, tout en me confirmant que les dessins de toute évidence étaient bien de Franz Marc, m'apprit que l'artiste n'avait jamais produit après la fin de la Première Guerre mondiale, et qu'il avait effectivement passé de longues années à l'institut d'Eglfing-Haar, avant de mourir en 1940, vraisemblablement dans le cadre de l'Aktion T4.

Sur ses conseils, je pris attache avec la maison de ventes Tajan située à Paris, ville qui comme on le sait est un des lieux importants du marché de l'art. Le commissaire-priseur fit appel à un expert qui authentifia les dessins. C'est moi qui émis le vœu de ne pas voir imprimer de catalogue les reproduisant et qui demandai à ce que le temps d'exposition soit restreint : les dessins avaient dormi dans le secret d'un grenier pendant des décennies. Le peintre, en les donnant à mon père, avait choisi de ne pas les rendre publics. Il me semblait qu'ainsi je continuai à respecter son vœu.

La vente atteignit les sommets que l'on sait. L'acheteur a souhaité rester anonyme. Il existe bel et bien, comme en témoigne le chèque du produit de la vente qui m'a été remis quelque temps plus tard. J'ai fait don de la totalité de la somme à trois établissements psychiatriques de Bavière. C'est d'ailleurs la perspective de ces futurs dons qui m'avait fait prendre la décision de mettre en vente les dessins. Je pensais par là rendre ainsi hommage tout à la fois à l'artiste lui-même et aux années qu'il avait passées dans l'univers psychiatrique, et aussi à mon père qui avait par son travail essayé d'être au plus près d'une humanité souffrante.

Je ne dirai rien de plus parce qu'il n'y a rien de plus à dire. Un ouvrage récent, qualifié faussement de biographie, étale avec complaisance, grimé sous des accents de vérité, ce que l'auteur estime avoir été la vie de Franz Marc. Dans différentes interviews qui ont suivi la parution de son livre, l'auteur a nié la réalité de l'existence des dessins et celle de leur vente.

J'espère avoir mis les choses au point et ne plus avoir jamais à le faire à l'avenir.

Docteur Friedrich Untermalher

Cette lettre a paru simultanément
dans trois quotidiens européens,
Süddeutsche Zeitung, Le Monde,
Corriere della Sera,
dans la semaine du 6 juin 2016

Dossier 21-AG-3206
Franz Moritz Wilhelm Marc
Copie du courrier FMWM-541-B

Le Directeur de la Fondation caritative des soins en institution, Docteur Wilfried Schnee

à

Madame Maria Marc, 45 Blumen Strasse, Munich

Madame,

J'ai le regret de porter à votre connaissance l'annonce tragique du décès de votre époux, Franz Moritz Wilhelm Marc, survenu à l'institut de Grafeneck, Gomadingen, Bade-Wurtemberg, où il venait d'être transféré.

Franz Marc a été victime d'un arrêt cardiaque et les médecins n'ont hélas rien pu faire pour le sauver.

Son décès a été constaté le 16 mars à 15 h 12.

Je vous prie de recevoir, Madame, mes condoléances ainsi que celles du service que j'ai l'honneur de diriger.

Les circonstances actuelles ne permettant pas de remettre les corps des défunts aux familles, le choix de les incinérer a donc été pris et vous trouverez dans l'urne qui accompagne ce courrier les cendres de votre époux.

Veuillez recevoir, Madame, la marque dévouée de ma très haute considération et le témoignage de ma compassion la plus vive.

Heil Hitler !

Docteur Wilfried Schnee

Berlin, le 3 avril 1940

Die Kleine

Souvent, en ouvrant les yeux, la petite se demandait si c'était alors la nuit qui n'en finissait pas, et les rêves avec elle, ou si c'était bientôt le jour, et avec lui la venue des choses vraies. Les deux domaines contenaient lumières et douleurs, et elle ne savait pas lequel était le plus doux pour elle, celui de la nuit ou celui du jour.

Ainsi la chambre encore sombre, le lit chaud au creux duquel elle s'étira, la chemise de nuit trop longue pour elle et qui lui venait jusqu'aux pieds, les chaussettes de laine tire-bouchonnées qui les recouvraient et dans lesquelles ils flottaient un peu, et cet oreiller contre le sien, vide mais qui gardait l'odeur de la femme, poivrée, un peu âcre, aux relents de feu de bois vert, tout cela appartenait-il à un conte ? Une légende comme celles que lui racontait son père quand elle venait le voir dans la pièce où il se tenait souvent, assis à même le sol, sur les tapis, quantité de livres disposés autour de lui, qu'il souriait en l'apercevant, et que, cessant sa lecture, il la prenait sur ses genoux, lui caressait le visage, l'embrassait sur les paupières, l'appelait de noms doux qu'il inventait chaque jour, et que là, dans cette pièce qui sentait si bon le parfum des gros livres, le tabac de pipe, le thé, pièce éclairée seulement par deux petites ampoules sans abat-jour qui tombaient du plafond en roulant leurs yeux ovales, il lui racontait à l'oreille ces fables que son propre père lui avait dites jadis et dans lesquelles les forêts se mettaient à marcher avec leurs arbres pour changer de pays, les maisons se parlaient de rue en rue, les enfants volaient dans les airs en suivant des cigognes savantes ?

La voix du père sentait toujours le tabac. En lisant, il fumait sa pipe et comme il était distrait et lisait de l'aube à la nuit, il lui arrivait de s'attabler pour le repas du soir et de commencer à manger avec encore entre les dents le tuyau de la pipe, ce qui la faisait rire. Sa mère aussi riait, et la petite gardait le rire de sa mère comme un morceau de pain dans un mouchoir noué, et qui est un trésor pour ceux qui sont affamés.

Elle se figurait souvent le mouchoir et son trésor. Il contenait le rire de sa mère, la pipe, le parfum du père, les livres, les yeux gros du petit frère, et puis bien d'autres choses précieuses. Lorsqu'elle se savait seule et tranquille, elle nouait et dénouait les quatre pointes du mouchoir avec un sérieux grave, y reposait ou y prenait ses trésors, le rire de sa mère et ses seins gonflés contre lesquels elle s'endormait souvent, les genoux de son père pliés en tailleur sur les tapis dont elle aimait sentir la trame rêche sous sa paume, le tuyau de la pipe qui sortait de sa bouche, les livres partout épars dans la pièce aux deux ampoules, l'image du petit frère dans le berceau, dont les traits gonflés sortaient à peine de l'emmaillotement des linges.

Ce n'était que lorsqu'elle passait la main sur son crâne qu'elle pouvait savoir si elle était dans le rêve ou bien dans le vrai. Dans le rêve, elle sentait les boucles de sa chevelure, en devinait la couleur sombre, la matière huileuse et lourde. Dans le vrai, sa main se posait sur la peau nue, sèche. Ses doigts glissaient sur le crâne chauve, petit comme celui d'un oiseau, avec parfois des creux et des bosses, des renflements et des coutures comme si on l'avait malhabilement ravaudé, des croûtes aussi qui, lorsqu'elle les touchait, lui faisaient croire qu'elle caressait la lune dont elle aimait dans le ciel de la nuit la rondeur pâle et cabossée.

Chaque jour elle se récitait son âge, qui n'avait pas atteint deux chiffres, son nom, ainsi que le nom de sa mère, celui de son père, et le prénom du petit frère, le nom de la ville où elle avait habité, de la rue où il y avait l'appartement, et la cordonnerie au rez-de-chaussée, et tout à côté l'épicerie du gros homme qui sentait l'ail et parfois lui donnait un bonbon, et le magasin qui vendait les fils et les tissus, et tout au bout de la rue, la synagogue, où son père se rendait chaque jour, avec d'autres hommes.

Elle disait cela à l'intérieur d'elle-même, très vite et plusieurs fois, pour ne rien perdre, pour ne pas laisser tomber cette partie du trésor dans la fissure qui s'était ouverte dans la terre, sous elle, entre ses jambes, sous ses pieds, oui, là, où s'était produite la disparition. Car presque tout, êtres, noms, paysages, mots et odeurs avaient disparu, et quand elle y songeait, ramenant dans sa tête tout ce qu'elle savait, connaissait du monde, des autres et d'elle-même, dans un effort qui lui donnait le tournis et parfois même la fièvre, elle se rendait compte que sa très jeune mémoire était une maison sans porte ni fenêtres et que le vent y entrait de toute part, emportant avec lui ce qu'elle ne pouvait fixer solidement aux murs.

Sa tête avait des trous. Comme sa vie déjà. De la maison de sa mémoire restaient des murs éboulés. Parfois, cela la faisait rire. Parfois, cela la faisait pleurer. Et dans la même minute, elle pouvait passer des rires aux larmes, ou le contraire.

Elle parlait dans sa tête. Elle ne parlait d'ailleurs plus que là. Sa bouche restait close tout le temps, ce qui faisait que la femme parfois lui disait qu'elle ressemblait à son père, et la petite se demandait si le père de la femme avait aussi une pipe entre les dents, une longue barbe chaude, un grand sourire, des mains sans cesse plongées dans les livres.

Elle avait du mal à imaginer la femme avec un père car la femme était vieille. Plus vieille que sa mère à elle. Ses seins touchaient le haut de son ventre, et son front était hachuré par des lignes qui creusaient la peau en tous sens, comme si on avait voulu la graver avec une pointe.

Une fois par semaine, la femme disait à la petite de la suivre, et toutes deux descendaient dans la rue du village et s'arrêtaient devant une des ruines surmontée d'une sorte de grande dent noire qui avait été une église. À cet endroit il y avait un tas de terre qui formait un bombement et, sur ce bombement, on avait planté des croix en bois et des fleurs. Il y avait beaucoup de croix. La femme et elle restaient un instant dans la compagnie des croix. La femme en nettoyait une en particulier. Elle passait une éponge sur le bois. Elle posait au pied une fleur quand elle en trouvait une dans le jardin. Ce devait être cela son père : une croix sur de la terre.

Lorsque la femme dormait profondément, elle ronflait, alors la petite touchait ses seins à travers l'étoffe de la chemise de nuit. Ils étaient flasques et mous. Vides de tout. Ils ne contenaient pas de lait. Elle avait vérifié une nuit quand la chemise de nuit de la femme s'était relevée dans son sommeil et avait dégagé un sein. La petite en avait enrobé le téton de ses lèvres, comme sa mère pour l'amuser lui faisait faire quand elle donnait le sein au petit frère, et que la petite sentait dans sa bouche le liquide chaud, fluide, un peu aigre. Mais là, rien n'en était sorti. Les seins de la femme étaient de vieux seins inutiles, des enveloppes vides, comme des sachets de graines, que l'on garde même s'ils ne contiennent plus rien.

Durant la journée, la petite jouait avec le mouchoir qu'elle avait dans la tête et qui lui permettait que rien ne disparaisse dans les trous de la maison de sa mémoire, et aussi de ne pas être engloutie par eux. Lorsque le temps le permettait, elle s'asseyait près de la grange, sous le grand auvent de fer, à même le sol qui, à cet endroit, était de terre battue. Elle s'adossait au mur de brique. Devant elle, à gauche, il y avait la ferme de laquelle la femme sortait pour aller étendre du linge, jeter du grain aux poules ou des épluchures, partir dans les champs, les vergers, ou bêcher le jardin dans lequel poussaient des plantes dont elle ne savait pas le nom. À droite il y avait l'étable avec la vache, et contre l'étable, un bâtiment plus bas de toit encore, vide, dans lequel elle aimait entrer de temps à autre.

Quand elle était ainsi assise le dos à la grange, qu'elle n'avait ni froid ni chaud, et qu'elle avait le temps, elle fermait les yeux et dénouait dans sa tête le mouchoir. Elle vérifiait que rien ne s'était perdu de son contenu, les noms, les visages, les moments, la couleur de l'édredon sur son lit, la face bouffie aux paupières gonflées du petit frère, le son de la voix de son père, celui de la voix de sa mère, leur odeur, le goût dans la bouche des pâtisseries au fromage que faisait sa mère et beaucoup d'autres choses. Elle s'assurait que tout était encore en place à l'intérieur du mouchoir, et qu'avec tout ce qu'il contenait elle pouvait revivre ce qu'elle avait vécu, ce qu'elle faisait sans jamais se lasser en combinant dans un ordre chaque jour différent, sans souci de rigueur ni de logique, les scènes, les noms.

Durant ces moments, elle faisait attention à ne pas passer ses mains sur sa tête. Elle les posait à plat sur le sol, dans la poussière et les débris de paille, car elle ne voulait pas savoir, en touchant ses beaux cheveux bouclés ou ses croûtes, si elle était dans le rêve ou bien dans le vrai.

Chez la femme, elle grattait avec ses ongles la bougie qui était dans le grand tiroir de la table de la cuisine, en faisait de belles et lisses boulettes couleur ivoire, devenues molles sous la chaleur de ses doigts ronds, puis les fourrait dans ses oreilles. Et le monde ainsi et comme par miracle se mettait en sourdine. La femme la laissait faire tout en lui jetant de temps à autre des coups d'œil, tandis qu'elle était occupée à nettoyer le fourneau avec un tampon de fer, éplucher des légumes ou raccommoder une chaussette dans laquelle elle avait glissé un œuf.

Parfois, elle lui cousait des vêtements aussi. Elle prenait dans une malle au grenier une robe qui sentait le temps passé. Elle la lui faisait essayer, piquait des aiguilles dans le tissu, le coupait et le recoupait encore, puis recousait les blessures ainsi faites pour que la robe soit à sa taille à elle, qui était longue mais menue.

Les gestes de la femme à son égard étaient sans tendresse ni méchanceté. Elle n'essayait pas d'être sa mère. Elle n'essayait pas non plus de lui faire du mal. Elles vivaient en somme côte à côte. La femme lui donnait de la nourriture, des vêtements, un lit et un toit. Elle ne savait pas ce qu'elle donnait à la femme en échange, qui ne lui demandait d'ailleurs rien. Qui lui parlait très peu. Ne l'embrassait pas. Ne la caressait pas. Ne la battait pas. Tout était bien ainsi.

Quand la femme voulait lui parler, elle faisait tout d'abord de grands gestes devant ses yeux pour attirer son attention. Cela lui laissait le temps de rassembler tout ce qu'elle avait sorti du mouchoir, de remettre à l'intérieur du tissu imaginaire son déballage, de nouer les quatre angles, et de replacer le mouchoir dans la partie la plus sûre de sa tête galeuse, dans le recoin le plus secret, jusqu'à la prochaine fois où elle irait de nouveau le prendre pour inventorier sa vie perdue. Ensuite elle enlevait les boules de cire et revenait dans le monde.

Comment était-elle arrivée chez la femme ? Le mouchoir ne contenait rien à ce sujet. Peut-être cela avait-il à voir avec quelques images qu'elle ne parvenait jamais à assembler avec d'autres. Un homme qu'elle ne connaît pas tient son petit frère dans ses bras et la prend elle par la main, dans une rue qui n'est pas sa rue. Un camion qui fait un bruit de gros insecte, dans lequel elle rêve, dort, se réveille, s'endort de nouveau, serrée entre des dos, des ventres, des jambes, des pieds. Un soldat qui la sort du camion, la pose à terre, lui sourit, lui dit qu'il s'appelle Viktor, la prend par la main et la conduit au bord d'un grand trou creusé dans la terre où attendent déjà d'autres gens. Des bruits secs et des cris, puis la nuit. Un sommeil interrompu, dans un grand lit dont les couvertures et les draps ont été remplacés par des corps de femmes et d'hommes qui l'entourent de toute part, qui ne bougent pas, qui ne l'étouffent pas, et lui donnent longtemps leur chaleur alors que du ciel gris tombe une neige froide, et dont elle finit par s'extraire, repoussant leurs bras, leurs jambes, leurs visages aux yeux fermés, en faisant attention de ne pas les réveiller. Une route sur laquelle elle marche et où elle grelotte car elle est presque nue, une route où elle marche et dans sa marche tombent un à un tous ses cheveux. Et enfin le visage d'une femme, quelque part, qui est penchée sur elle, la regarde, lui parle, mais les sons ne l'atteignent pas encore. Une femme qui soudain se relève, enlève son manteau, la recouvre avec, et l'emporte comme un paquet.

Et cette femme est la femme.

Mais tout cela, était-ce dans le rêve ou dans le vrai ? Elle ne savait jamais s'il fallait glisser ces morceaux dans le mouchoir, ou les jeter loin de lui.

Si la femme allait au village, c'était le plus souvent pour nettoyer la croix de bois sur le monticule de terre devant l'église, ficher une fleur à son pied, marmonner des paroles. La petite laissait la femme s'activer. Elle levait la tête et regardait ce qui restait du bâtiment, un angle de pierre dans lequel une poutre effondrée maintenait encore les cloches aux formes fondues et mêlées.

Le toit n'existait plus. La pluie et la lumière gouttaient pareillement selon les jours sur le pavé de pierre, ce qui restait des bancs et sur les statues de saints tombées de leur socle et brisées en morceaux de tailles différentes et que personne n'avait songé à ramasser. La petite parfois s'aventurait dans la nef et se couchait par terre, de tout son corps, pour que son visage soit au même niveau que celui, décapité, d'une Vierge de plâtre peinturluré de rose et d'or. Elle perdait ses yeux dans les yeux souriants de la mère du Christ.

Un jour, tandis qu'au-dehors la femme l'appelait pour que toutes deux rentrent à la ferme, la petite resta couchée sur le sol et la femme dut venir la chercher dans l'église. Elle l'aperçut serrant contre elle la tête sans corps. Elle lui tapa doucement sur l'épaule car la petite avait gardé les boules de cire dans ses oreilles mais l'enfant ne se leva pas. Elle continuait à serrer la tête de la Vierge. La femme comprit que la petite pourrait rester ainsi des heures durant, la nuit aussi peut-être. Elle alla chercher la brouette et fit comprendre à l'enfant qu'elle pouvait y déposer la tête, et la rapporter à la ferme.

Elles rentrèrent toutes deux, la femme poussant la brouette dans laquelle la petite se tenait en tailleur, la tête de plâtre posée au creux des cuisses. Elle l'installa dans le lit, non pas entre la femme et elle, mais du côté de son chevet. Parfois, durant la nuit, le clair de lune parvenait à se faufiler entre les fentes du volet. Alors les yeux de la Vierge lui souriaient et la petite laissait ses doigts aller sur le front, le nez, la bouche peinte. Elle finissait par s'endormir dans ses caresses et la femme le matin la découvrait serrant contre sa poitrine le gros visage froid au cou rompu.

Quand l'été atteignit sa plus haute chaleur, la petite disparut toute la journée. La femme ne cherchait pas à la retenir. L'enfant avait découvert la rivière et, un peu à l'écart du village, une berge de marécages épaissie de vase noire dans laquelle de grands roseaux montaient vers le ciel.

L'eau roulait à deux pas, lente, pâteuse. L'enfant enlevait sa robe qu'elle abandonnait sur l'herbe et, nue entièrement, pataugeait dans la vase pendant des heures, ne se lassant jamais des bruits de succion de la matière collante. Elle y enfonçait ses mains, ses bras entiers, ses pieds et ses jambes jusqu'aux genoux. Voir disparaître ainsi des parties entières de son corps lui paraissait une magie.

La vase séchait sur sa peau en formant une croûte noire. Au fil des heures, la carapace se craquelait et la métamorphosait en une créature échappée des temps balbutiants du monde. Quand elle se reniflait, ainsi qu'elle voyait faire les chiens, cela sentait fort : le salin, le terreux, l'antique limon des profondeurs. Puis le soleil changeait la boue en poussière que les doigts faisaient alors aller dans le vent.

Elle léchait sa peau recouverte de vase, comme un cheval lape son pelage trempé d'écume après le galop. C'était salé. C'était bon. Elle avalait la salive mêlée de vase. Elle la sentait déposer dans son corps ses grains noirs d'argile lourde, roulés par les courants, et entre lesquels le peuple invisible de créatures d'eau douce était mort, avait pourri, s'était décomposé lentement pour se confondre avec la matière. Elle devenait elle-même animal. Plus immense que son ombre gardée par les roseaux. Plus frêle que les foulques et les poules d'eau qui effleuraient le sol mou en y laissant l'empreinte griffée de leurs pattes sans poids.

Parfois, il lui arrivait d'attraper un poisson, une grenouille prise au piège des rhizomes des iris et des lernes. Elle serrait le petit être dans ses mains longuement jusqu'à ne plus sentir de mouvements en lui. Elle regardait ses yeux pour y trouver des paillettes d'or, qui se ternissaient rapidement, tandis qu'il s'endormait dans la mort. Elle laissait ensuite aller son cadavre dans le courant qui parfois le portait à sa surface, parfois l'engloutissait vite dans son ventre. Elle ne voyait là aucun sens ni aucune morale. Ne se sentait coupable de rien. Elle n'était que dans l'instant, dans la lumière poudreuse, dans le vent, la vase, le cresson qu'elle mâchait et changeait en soupe onctueuse dans sa bouche. Elle restait des heures dans tout cela.

Lorsque le soleil tombait à l'horizon, elle revenait à la ferme, puante et noire, sauvagement nue, sa robe propre à la main. La femme ne disait rien. Elle sortait la bassine dans la cour. La petite y entrait. La femme versait sur elle deux seaux d'eau tiède et lui donnait le bloc de savon, la brosse, la serviette. Il arrivait qu'elle s'endormît dans le bain, repue de fatigue, de vent, de soleil et de lumière. La femme alors la sortait de l'eau, la séchait, la soulevait comme un panier à linge et la posait dans le lit.

La petite sentait les gestes de la femme et soudain se brouillait en elle la frange qui séparait le rêve et le vrai. Elle gardait closes les paupières. Les mains de la femme devenaient les mains de sa mère. Un sourire naissait sous sa peau, mais qui restait là, ne la perçait jamais pour venir sur ses lèvres et sur ses yeux. Il y avait ainsi, dans ces moments, à l'intérieur d'elle, des mouvements qui naissaient et mouraient, des formes de pensées et de sentiments, une confusion chaude, sucrée comme le miel. Tout cela lui échappait, alors qu'elle aurait voulu garder la sensation éternellement, et finissait par se diluer dans un brouillard décevant. Elle n'était pas encore parvenue à tisser de mouchoir assez fin pour la retenir, pas plus qu'un tamis pour séparer les paillettes et les poussières. Puis venait la nuit alourdie de fatigue, et le rien dans lequel elle s'enfonçait, et qui gardait encore un peu, à la manière d'un faible écho, un goût de vase et d'été.

On aurait pu croire que la petite était un fantôme qui selon les jours ou les heures sentait le savon, le lisier de cochon, la vase ou la pomme, la luzerne, le poisson, la merde, le lait, la framboise écrasée ou la source. On l'avait vue manger des vers, des chenilles, des papillons, des sauterelles, gober des œufs de merlette à la coquille bleu pâle et dans lesquels déjà des semblants d'oisillons sans plume dormaient les yeux collés.

Elle vivait à côté de la femme et la femme vivait à côté d'elle. Elles partageaient le même toit, la même nourriture, le même lit, le même écoulement du temps, le même paysage. La guerre, qui est la plus vulgaire des incarnations du hasard, les avait roulées l'une vers l'autre.

Parfois, la petite examinait la femme à la dérobée. Elle l'observait. Elle essayait ensuite de la dessiner sans crayon ni couleur, dans son cerveau. Et puis, elle posait ce dessin sur celui de sa mère, qu'elle conservait au profond d'elle.

Les deux lignes de traits par endroits se confondaient tandis qu'à d'autres elles divergeaient comme des chemins qui se séparent. Là où les visages se posaient l'un sur l'autre, la petite constatait que celui de la femme pesait lourd sur celui de sa mère, l'effaçait en l'étouffant. Au fil des semaines, le visage de sa mère semblait se dissoudre, tandis que sa voix demeurait intacte et claire dans le mouchoir dénoué, ainsi que la voix de son père, et son visage aussi car aucun autre visage d'homme ne venait l'écraser.

Dans les moments où elle se rendait compte de la disparition progressive des traits de sa mère, la petite partait en courant vers la chambre, se roulait dans le lit, et serrait contre sa poitrine la tête de plâtre de la Vierge. La Vierge toujours lui souriait de ses yeux bleus. La petite posait un doigt sur ses lèvres. Mais les lèvres étaient dures et demeuraient closes. Les baisers qu'elle y déposait y mouraient aussitôt.

Le mouchoir plié et rangé dans son cerveau contenait beaucoup de choses, mais c'était des choses qui ne bougeaient plus, comme des vêtements qui ont perdu les corps qui les habitaient, en gardent encore un peu la forme, les parfums, mais pas trop. Tout ce que la petite préservait dans le mouchoir évoquait ce qui avait eu lieu avant, et là-bas. Mais ce là-bas n'était plus. Il n'y avait que l'ici.

Vers la mi-août, elle cessa d'aller à la rivière. Mais elle partait toujours le matin et revenait le soir, tard, la peau non plus couverte d'une croûte friable mais d'une poussière blonde, celle de la terre sèche des chaumes, des pailles cendreuses, qui aime se nicher dans la saignée du bras, les plis du cou et de l'aine, à l'intérieur des cuisses, près des ailes du nez. Elle ne puait plus. Elle embaumait l'air et la coulée, le hallier, l'orage et la sueur poivrée. Elle ressemblait à un faune femelle. Le soleil avait bruni sa tête pelée et son visage plein de coutures prenait des allures de pain trop cuit. Ses yeux, au milieu de cela, paraissaient encore plus noirs.

Toutes ses marches n'avaient pas d'autre but que de dessiner en elle le lieu, de poser les choses où elles étaient, arbres, champs, forêt, fermes, lits de ruisseau, mares, sources, marécages, potagers, ponts, moulins. D'oublier le mouchoir et de dresser une carte qui le rendrait inutile.

Lorsqu'elle avait découvert l'usine, posée très loin du village, aux confins de l'espace qu'elle pouvait parcourir en une journée, elle avait tourné autour longtemps avant d'oser y entrer. L'arrêtait un bruit de monstre qui s'échappait du bâtiment entouré de deux rangées de hauts grillages qui avaient été enfoncées en leur milieu, et déchiquetées. Tout était désert. La porte principale était ouverte, et une plainte, moitié supplication, moitié fureur épuisée, s'en échappait en même temps qu'une maigre fumée pétillante qui sentait le métal, l'huile de moteur et l'élastique brûlé.

Elle entra, et fut frappée par la beauté des formes disposées sur le sol dans un alignement parfait. Elles étaient faites de couronnes de verre, empilées les unes sur les autres, se répétaient à l'identique sur toute la surface du bâtiment, reliées les unes aux autres par des sortes de cordes tressées dans une matière noire. Certaines fumaient encore un peu, grésillaient et jetaient de temps à autre un crachat de lumière qui retombait au sol en une ondée de braises bleues. Lorsqu'ils naissaient et mouraient, ces pétillements acides couvraient la rumeur continue, d'une gravité considérable, qui expirait d'un cube de béton dans lequel se rejoignaient toutes les cordes venues des installations de verre.

Près d'une des couronnes de verre, il y avait une forme noire, couchée, que la petite observa longtemps avant de distinguer peu à peu, au travers de ce qu'elle avait pris pour un grand morceau de bois brûlé, le corps d'un homme.

Elle ne fut pas effrayée par sa découverte car le cadavre ressemblait désormais peu à un humain, avec sa tête réduite de moitié, l'extrémité de ses membres arrondie en moignons charbonneux, ses pieds et ses mains disparus. Il était légèrement recroquevillé sur lui-même. Ce qui restait de son bras gauche se tendait vers la couronne de verre, et entre cette couronne et le corps, il y avait une grande barre de fer, qui paraissait indiquer que l'homme avait tenté quelque chose, et la petite, malgré son jeune âge, comprit qu'il devait exister un lien entre la mort de l'homme, la barre de fer, la couronne de verre et les cordes noires crépitantes de lumières discontinues.

Le cadavre carbonisé devint pour elle, dans la géographie qu'elle s'était occupée à cadastrer pendant des jours, l'extrême limite du pays de l'ici, et l'usine, une sorte de poste-frontière habité par un douanier mort qui avait tenté l'impossible et dont la seule présence suffisait à décourager les éventuels voyageurs de passer au-delà, que ce fût dans un sens ou dans l'autre. Elle revint chaque jour lui rendre visite, et cela jusqu'aux pluies froides de l'automne. Elle pénétrait dans le bâtiment, s'asseyait près de lui et scrutait chaque parcelle de sa forme noire, comme si elle avait voulu imprimer son dessin exact en elle. Parfois, des crachats d'étincelles l'atteignaient mais elle ne ressentait aucune brûlure, à peine un picotement qui cessait quand ces fausses lucioles s'éteignaient.

Dans la compagnie de ce mort énigmatique, elle se rendit compte qu'elle oubliait le mouchoir, et ce qui se trouvait à l'intérieur, les vestiges des siens, et les douleurs liées à la présence de ces vestiges, à leur sauvegarde et à leur effacement.

Le soir, une fois rentrée, quand la femme lui servait la soupe après l'avoir lavée, il y avait entre elles deux le corps sec et nègre de l'homme. La petite prenait une assiette dans le bahut, la posait près de la sienne et y versait un peu de sa soupe, pour le mort. La femme la laissait faire et ne lui posait pas de questions. La petite parlait au cadavre. Elle lui racontait la femme, la vache, les grenouilles et la vase, le goût des sauterelles, la Vierge et ses yeux jamais clos, et quantité d'autres choses qui n'étaient pas dans le mouchoir, qui n'avaient pas à y être car elle les avait vécues ou découvertes depuis qu'elle était arrivée dans ce pays d'ici, en l'absence de son père et de sa mère.

L'homme mort, qui ne ressemblait plus à un homme, ne pouvait pas entendre ce qu'elle voulait lui dire. Et comme on ne distinguait plus ses oreilles sur son crâne brûlé, si semblable à un gros morceau de charbon de bois, la petite n'avait même pas à prononcer les mots à haute voix. Cela n'aurait servi à rien. Elle les disait dans sa tête à elle.

Cela lui suffisait.

Elle était certaine que là l'homme pouvait les prendre et les entendre, et s'en servir pour continuer dans sa mort à vivre à travers elle.

Au lecteur

Les textes ici rassemblés ont été écrits entre 2016 et 2020.

Gnadentod est une uchronie qui a pris place dans un recueil, *L'Avant-garde perdue*, dont Nicolas Ehler, directeur du Goethe-Institut de Nancy, avait été l'initiateur en 2017.

C'est bien entendu une œuvre de fiction. Néanmoins, si tout est inventé, rien n'est faux concernant l'Aktion T4 et son protocole d'exécution. La lettre d'Hitler datée du 1er septembre 1939 est réelle, et c'est cet ordre qui a lancé l'opération d'extermination des malades mentaux.

Le terme de *Gnadentod* – mort miséricordieuse – qui donne le titre au texte est celui-là même qui est employé par Hitler. Les rapports et lettres des différents médecins impliqués dans le processus d'évaluation et de décision sont fictifs mais ils sont proches des documents existants.

Par ailleurs, je me permets de citer les noms de Viktoria Charles et de Wilfried F. Schoeller[1] qui ont réellement écrit des ouvrages sur Franz Marc. Je leur prête des propos, des prises de position et des actions qui ne sont évidemment pas les leurs. Je les prie de m'excuser d'avoir fait cela sans leur demander leur permission. Qu'ils ne trouvent, dans l'utilisation comme personnages que je fais d'eux, aucune malveillance mais bien au contraire un hommage rendu à leurs travaux.

La maison de vente Tajan ainsi que les journaux et magazines que je cite n'ont jamais eu le rôle que je leur prête, ni publié les articles et interviews que j'ai inventés.

Sex und Linden a été écrit pour le projet « Haydn 2032 » qui propose chaque année

---

1. Viktoria Charles, *Franz Marc*, www.parkstone-international.com, 2013. Wilfried F. Schoeller, *Franz Marc*, Munich, Carl Hanser, 2016.

une série de concerts des œuvres du compositeur et d'enregistrements à propos desquels un écrivain est invité à imaginer un récit.

Ein Mann, *Irma Grese* et *Die Kleine* sont inédits.

Même si les moments et les conditions d'écriture de ces textes ont été différents, ils s'articulent autour des thématiques qui me sont importantes depuis longtemps : celle tout d'abord de l'incohérence de l'Histoire et des rôles que les hommes y jouent, ou plutôt pensent y jouer. Celle du peuple, de la nation, ou du groupe humain, à propos de laquelle j'ai le plus grand doute, voyant plutôt dans chaque individu un grain de sable au sein d'un grand tas – compact ou friable selon le moment – à qui un coup de pelle peut faire prendre une place à laquelle il ne songeait même pas. Celle aussi de la culpabilité qui n'est ici pas à entendre dans son sens moral pas plus qu'elle n'est à envisager comme contemporaine de l'action : elle serait plutôt à lire comme le résultat d'une décantation que le présent opère par rapport au passé, et sur laquelle l'Histoire assoit ses fondements et sa doxa. Celle enfin de la mémoire – consubstantielle aux gestes d'écriture et de lecture –, qu'il s'agisse de la mémoire individuelle, dont le fonctionnement ressortit pour moi à un des plus grands mystères humains, comme de la mémoire collective qui parfois pèse d'un poids insoutenable sur la vie du groupe qui la fabrique et la subit, ou bien au contraire paraît évidée de sa matière douloureuse et gênante, au point d'agir à la fois comme un écran de brouillard et un confortable narcotique.

Quand j'ai réuni ces textes et les ai posés devant moi, comme on peut le faire avec des cartes à jouer, j'ai été frappé par les échos qui les unissaient. Je les ai alors retravaillés, plus ou moins profondément, afin de renforcer les liens qui les rapprochent. Il m'est apparu ainsi qu'ils formaient un livre véritable, une sorte de roman que j'ai laissé volontairement lacunaire, et au sein duquel le lecteur est appelé à combler les vides, en devenant lui-même alors écrivain.

Tous nous racontent des morceaux d'existence dans un siècle et une géographie uniques, dont nous découvrons peu à peu qu'ils sont en résonance, de façon lointaine, profonde ou légère, les uns avec les autres, sous les auspices du hasard ou des coïncidences.

Tous mettent en place des espaces d'incertitude, dont le personnage de Viktor devient le symbole : si certains éléments au fil des récits nous incitent à croire qu'il s'agit du même homme, d'autres nous montrent le contraire. Qu'en est-il en ce cas de sa vérité ? Et au-delà de lui, de toute vérité ? Cela m'a semblé métaphorique de nos vies, que nous croyons connaître mais que nous maîtrisons si mal et qui peuvent, selon l'angle sous lequel nous les éclairons, prendre des reflets multiples.

Si l'Allemagne du XXe siècle sert de cadre à ce livre, c'est d'une part parce qu'en nul autre endroit les thèmes que je viens de noter n'y ont trouvé au plus haut point leur incarnation tragique. C'est d'autre part parce qu'étant moi-même depuis l'enfance un voisin de ce pays, j'ai développé un rapport d'attirance et d'effroi avec ses paysages, sa culture, sa langue et son histoire, comme je n'en ai avec aucun autre pays au monde. L'Allemagne a toujours été pour moi un miroir dans lequel je me vois non pas tel que je suis, mais tel que j'aurais pu être. En ce sens, elle m'a beaucoup appris sur moi-même.

Je terminerai en disant que le terme *fantaisie*, présent dans le titre, est à entendre dans son acception musicale et poétique qui désigne, comme on sait, une œuvre où la subjectivité de l'auteur domine et qui s'affranchit du respect de règles strictes de composition ou d'harmonie.

Philippe Claudel, mars 2020

Philippe Claudel reverse ses droits d'auteur à une association d'aide aux libraires (ADELC).

DU MÊME AUTEUR (*suite*)

RÉCITS

Le Bruit des trousseaux, *Stock, 2002*

Carnets cubains, *Librairies Initiales, 2002 (hors commerce)*

Nos si proches orients, *National Geographic, 2002*

Trois nuits au palais Farnese, *Éditions Nicolas Chaudun, 2005*

Ombellifères, *sur des dessins d'Émile Gallé, Circa 1924, 2006*

Quartier, *avec des photographies de Richard Bato, La Dragonne, 2007*

Chronique monégasque, *Gallimard, collection « Folio Senso », 2008*

Petite fabrique des rêves et des réalités, *avec des photographies de Karine Arlot, Stock, 2008*

Le Cuvier de Jasnières, *avec des photographies de Jean-Bernard Métais, Éditions Nicolas Chaudun, 2010*

Parfums, *Stock, 2012*

Autoportrait en miettes, *Éditions Nicolas Chaudun, 2012*

Jean-Bark, *Stock, 2013*

Rambétant, *avec des photographies de Jean-Charles Wolfarth, Circa 1924, 2014*

Inventaire, *avec des photographies d'Arno Paul, Light Motiv, 2015*

De quelques amoureux des livres, *Finitude, 2015*

Au tout début, *Ǣncrages & Co, 2016*

Higher Ground, *avec des photographies de Carl de Keyzer, éd. Lannoo, 2016 (a paru chez Glénat en 2017 sous le titre* Hauteurs / Ararat*)*

Le lieu essentiel, *entretien sur la montagne avec Fabrice Lardreau, Arthaud, 2018*

NOUVELLES

Barrio Flores, *avec des photographies de Jean-Michel Marchetti, La Dragonne, 2000*

Pour Richard Bato, *collection « Visible-Invisible », Ǣncrages & Co, 2001*

La Mort dans le paysage, *avec une composition originale de Nicolas Matula, Ǣncrages & Co, 2002*

Mirhaela, *avec des photographies de Richard Bato, Ǣncrages & Co, 2002*

Les Petites Mécaniques, *Mercure de France, 2003*

Trois petites histoires de jouets, *Éditions Virgile, 2004*

Fictions intimes, *sur des photographies de Laure Vasconi, Filigrane Éditions, 2006*

Le Monde sans les enfants et autres histoires, *illustrations de Pierre Koppe, Stock, 2006*

Théâtre

Parle-moi d'amour, *Stock, 2008*

Le Paquet, *Stock, 2010*

Compromis, *Stock, 2019*

Poésie

Tomber de rideau, *sur des illustrations de Gabriel Belgeonne, Jean Delvaux et Johannes Strugalla, Æncrages & Co, 2009*

Quelques fins du monde, *avec des illustrations de Joël Leick, Æncrages & Co, 2009*

Triple A, *avec des illustrations de Joël Frémiot, Le Livre pauvre, 2011*

Autopsie du cadavre de François Fillon, *avec des illustrations de Chantal Giraud, Le Livre pauvre, 2017*

Uthiopie, *avec des photographies de William Ropp, Éditions de l'Œil, 2018*

Mon cerveau, *avec des illustrations de Chantal Giraud, Le Livre pauvre, 2020*

Cet ouvrage a été composé
et achevé d'imprimer en France
par CPI BRODARD & TAUPIN (72200 La Flèche)
pour le compte des Éditions Stock
21, rue du Montparnasse, 75006 Paris
en septembre 2020

PAPIER À BASE DE
FIBRES CERTIFIÉES

Stock s'engage pour
l'environnement en réduisant
l'empreinte carbone de ses livres.
Celle de cet exemplaire est de
500 g éq. CO_2
Rendez-vous sur
www.editions-stock-durable.fr

Imprimé en France

Dépôt légal : septembre 2020
N° d'édition : 01 - N° d'impression : 3039875
77-51-8662/4